書下ろし

人待ち月

風烈廻り与力・青柳剣一郎㉘

小杉健治

祥伝社文庫

目次

福井町
口入れ屋『生駒屋』
吾妻橋
浅草
不忍池
湯島切通町
湯島天神
下谷
神田佐久間町
神田川
駿河台
両国橋
隅田川
新大橋
海賊橋
江戸城
南町奉行所
楓川
本材木町
茅場町薬師
八丁堀
京橋
数寄屋橋
御門
永代橋
冬木町
同朋町
露月町
北
東
西
南

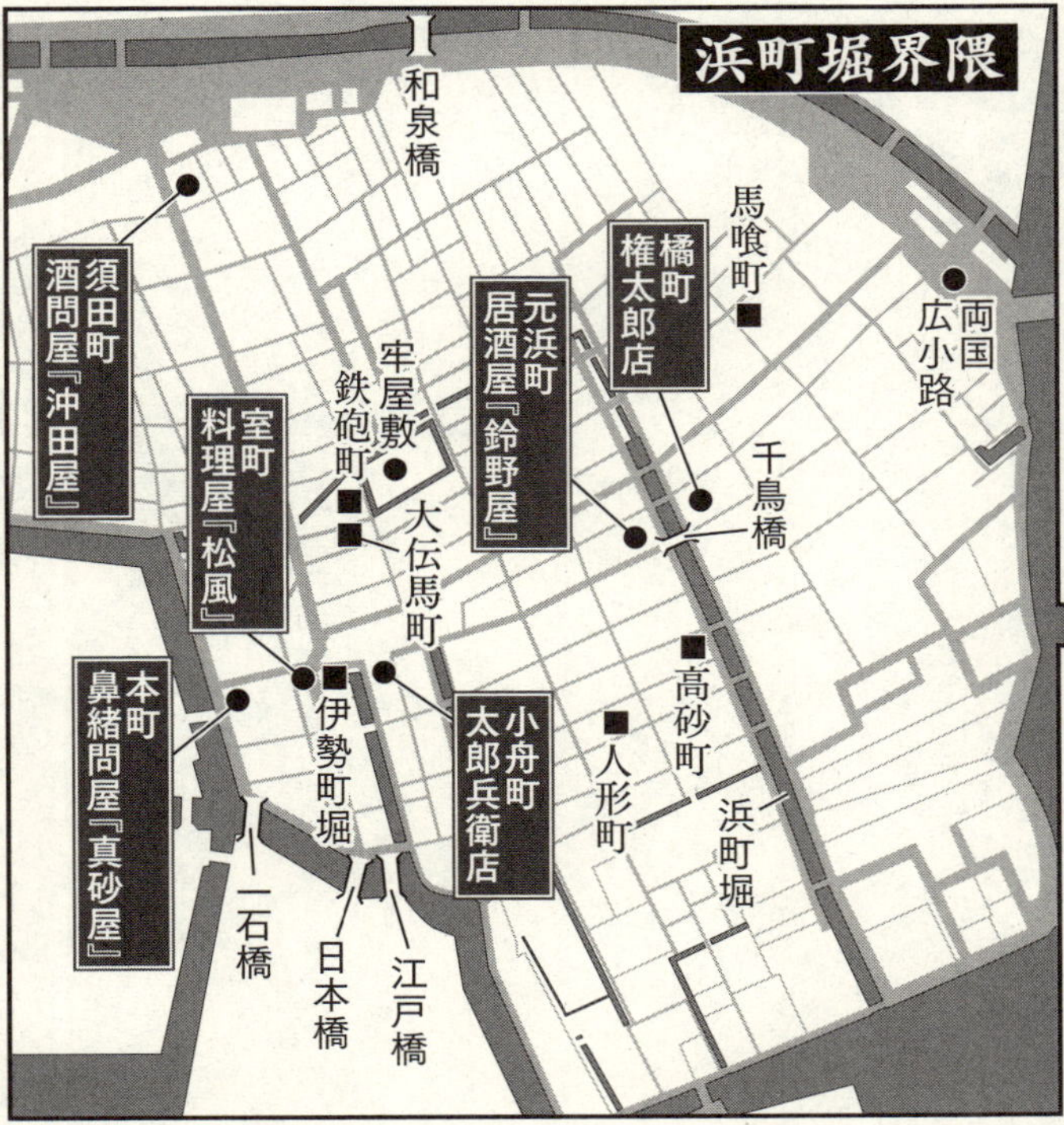
浜町堀界隈
和泉橋
馬喰町
橘町 権太郎店
元浜町 居酒屋『鈴野屋』
両国広小路
須田町 酒問屋『沖田屋』
牢屋敷
鉄砲町
室町 料理屋『松風』
千鳥橋
大伝馬町
高砂町
人形町
浜町堀
本町 鼻緒問屋『真砂屋』
伊勢町堀
小舟町 太郎兵衛店
一石橋
日本橋
江戸橋

「人待ち月」の舞台

第一章　ほら吹き吾平《ごへい》

一

秋もたけなわでさわやかな陽気が続いている。夜になると風は寒いくらいだ。一日の仕事を終えた日傭《ひよう》取りやあちこちを歩き回る行商人、駕籠《かご》かきなどが、今夜も元浜《もとはま》町《ちょう》にある居酒屋『鈴野屋《すずのや》』に集まっている。みな常連だ。

これほど繁昌《はんじょう》しているのは女将《おかみ》のお鈴《すず》の魅力によるところが大きい。お鈴は二十四歳の年増だが、細面《ほそおもて》で色白の顔だちに柳のようなしなやかな体つき。そのはかなげな風情《ふぜい》が男心をそそるのだ。

お鈴はどんな客にも分け隔《へだ》てなく接する。そこが男たちにとっては不満の種でもある。お鈴の色っぽい流し目が自分だけに向けられたのなら天にも昇る心地《ここち》になるだろうが、そういう目付きは誰に対しても同じだ。

華奢《きゃしゃ》な体つきの半吉《はんきち》が、日傭取りや駕籠かきなどの荒くれ者に混じっていると、ひとりだけ浮き上がっているように見えるが、決してそのようなことはなかった。

半吉はこういう荒くれ者たちが猥雑《わいざつ》に騒いでいる雰囲気《ふんいき》が嫌いではなかった。この喧騒《けんそう》の中でひとりでいるのが好きなのだ。日傭取りや駕籠かきなどを職業とする人間は色浅黒く、筋骨たくましく、獰猛《どうもう》な感じがする。だが、みかけと違い、みな根はいい人間だ。

半吉は曲物師《まげものし》である。人形町《にんぎようちよう》にある三蔵《さんぞう》親方のところに通い、弁当箱や盆《ぼん》、桶《おけ》などを作っている。

暮六つ（午後六時）に作業を終え、橘町《たちばなちよう》一丁目のがらくた長屋に帰る途中にある『鈴野屋』に寄り、酒一合に湯漬《ゆづけ》を食べていくのが日課だった。

いきなり、戸口のほうで言い合いがはじまった。いつものことだ。俺はおめえのようなばかじゃねえ。ばかとはなんだ。ばかだからばかと言って何が悪い。なんだと、表に出ろ。よし、わかった。いかつい顔の男が騒ぐ。

最初の頃はびっくりしたものだが、いまはすっかり馴《な》れた。いや、馴れ合いだということがわかってきたのだ。

やがて、女将のお鈴が割って入る。

「だめよ。喧嘩《けんか》なんて。さあ、源《げん》さんも留《とめ》さんも気を取り直して」

お鈴が徳利《とつくり》を持ってふたりに酒を注《つ》ぐ。

「いやね、女将。俺は別に喧嘩なんてするつもりはないんだ」

日傭取りの源助《げんすけ》が鼻の下を伸ばして言う。

「俺だってそうだ」

駕籠かきの留蔵《とめぞう》も猪口《ちょこ》を持ったままお鈴に目尻を下げる。

「そうよね。ふたりとも、そんなひとじゃないですものね」

お鈴がにこやかに声をかける。

「やい、唐変木《とうへんぼく》」

小上がりのほうで叫び声がした。

「あら、今度は誰」

と言って、お鈴は顔を向けてから、

「源さんも留さんも仲よくね」

と言い、ふたりの肩に手をやる。それだけで、ふたりは満足なのだ。

お鈴は小上がりで騒いでいる男のほうに行き、その客をなだめる。客はお鈴に相手にしてもらいたくて騒ぐのだ。そのようなことは、お鈴は百も承知だ。

半吉はそんなお鈴を遠目に見ながら酒を呑《の》む。それだけで満足だった。誰の顔にも一日の仕事を終えた充実感が漂《ただよ》っていた。おとなしい半吉は他の客のように大声を出せないが、この場にいるだけで生きているという充足感がある。

「何、嘘《うそ》だと」

今度はすぐ目の前で声がした。

吾平《ごへい》という年寄りだ。五十近いが、いまも鍋釜《なべかま》の修理をして町を歩き回っている。高砂町《たかさごちょう》の裏長屋で独《ひと》り暮らしだ。

「嘘だと思うなら、おめえたち、直接青痣《あおあざ》与力にきいてみやがれ。恐れながら、鋳掛《いかけ》屋の吾平をご存じでいらっしゃいますかとな」

また、はじまったと、半吉は苦笑するしかなかった。

吾平はここに来ると、いつもぐでんぐでんになる。ふだんから大きなことを言う性《せい》癖《へき》があるが、酔うと尚更《なおさら》だ。

最初は、俺は元は駒込《こまごめ》の酒問屋の跡取りだったが、番頭に店を乗っ取られ、そして追い出された。それから、ひとりで鍋釜の修理を覚えて暮らしてきたと言い、皆が同情していた。

ところが、行商人の誰かが駒込に行った際に、件《くだん》の酒問屋を訪ねて、吾平のことを話した。しかし、話がかみ合わなかったという。

そのことを吾平にいうと、追い出した連中がそのことを認めるはずはないと言った。それから、しばらくして、駒込ではなくて巣鴨《すがも》だと言い出した。それで、その行商人が巣鴨に行った際に、酒問屋を訪ねた。しかし、吾平の話とかみ合うところはなかったという。

そのうち、俺は葛西《かさい》の地主の息子だったと言い出した。酒問屋の息子ではなかったのかと言うと、吾平はそんなこと言った覚えはないと言う。

その他、いろんなことをもっともらしく言うので皆は信じていたが、あとになって以前に言ったことと違っていたことがわかって、それからは吾平のことを、ほら吹き吾平と呼ぶようになった。

いままた、吾平が青痣与力のことを口にしはじめたのだ。

「青痣与力は俺には頭が上がらないんだ。なぜかって。それはあの青痣よ」

と、吾平のほらがはじまった。

「あれは青痣与力がまだ十代の頃だ。凶悪な浪人たちが若い娘を人質にとって立て籠《こ》もっているところを通りかかった若き日の青柳剣一郎《あおやぎけんいちろう》は、単身乗り込んで賊《ぞく》をやっつけた。そのとき、受けた頬《ほお》の傷が青痣になったのだが、なぜ青柳剣一郎が単身で賊のところに乗り込むことが出来たかといえば、俺がこっそり手引きしてやったからだ」

最初のうちは、またはじまったかと聞いていた連中も、自信たっぷりに話す吾平の話術にいつしか引き込まれてしまう。今度はほんとうかもしれないと思わすものがあった。

だが、よりによって青痣与力を引き合いに出すのはあまりにも大胆過ぎた。

青柳剣一郎が押込み犯の中に単身で乗りこみ、賊を全員退治した。そのとき頰に受けた傷が青痣として残ったのは、吾平の言うように事実だ。だが、この話は目撃者から世間に広まったもので、誰もが知っていることだ。

だから、その青痣が勇気と強さの象徴となり、世間のひとたちは畏敬《いけい》の念をもって青痣与力と呼ぶようになったが、それはその後に数々の難事件を解決に導いた手腕があってのことである。

「吾平とっつあんよ。ほんとうに青痣与力はおまえさんには頭が上がらないんだな」

駕籠かきの相方の権助《ごんすけ》がにやつきながら言う。

「何度言ったらわかるんだ」

吾平はふんぞりかえった。

「じゃあ。おまえさんの頼みならいやだとは言うまいな」

権助が身を乗り出し、吾平に顔を突き出した。

「あたぼうよ」

「そうかえ」

周囲の連中が何か意味ありげに笑みを浮かべていた。半吉は連中が吾平をやり込めようとしているのだと思った。

その気持ちは半吉にも理解出来る。

いつの間にか、店にいる一同が吾平と権助のやりとりに注目をしていた。

「じゃあ、吾平さん。一度、青痣与力をここに呼んでもらおうじゃねえか」

「なに、青痣与力をここに？」

吾平は目を剝《む》いた。

「青痣与力をこんなきたねえ店に呼ぼうって言うのか。それは失礼ってものだ」

吾平が口元を歪《ゆが》めた。

「ほう。言ってくれたな。青痣与力は庶民の気持ちをよくわかっているという評判だぜ。こういう店だって決していやがらねえ。それとも何かえ。とっつあんが呼んだって来ないのか」

「ばか言うな。俺がぜひにと言えば、必ず来る」

吾平は言い切った。

「どうかな」

吾平はいきり立った。

「なんだと」

「俺が嘘を言っているとでも言うのか」

吾平が立ち上がった。

「吾平さん、権助さんももうそこでおしまい」

お鈴が飛んできた。

「女将さん。いいじゃねえか。いい機会だ。吾平とっつあんの言葉を信じてみようじゃないか」

脇から、色の浅黒い男が言う。

「そうだぜ、女将さん。吾平さんは自信たっぷりなんだ。腰を折ることはない」

皆、吾平のほら話に辟易《へきえき》しており、この際、少し痛めつけてやろうという気になっているのだ。

「吾平さん。へんな意地を張ってはだめよ」

お鈴がたしなめる。

「いや、嘘つき呼ばわりされるのは我慢《がまん》ならねえ。よし、あと三日待て。三日後に、青痣与力を連れて来る」

　吾平は大見得《おおみえ》を切った。

　ばかなことを、と半吉は唖然《あぜん》とした。

「よし。あとで、そんなことは言わなかったなんて言わせねえぜ。ここにいる皆が証人だ。いいな」

「ああ、わかった。青痣与力におめえたちの馬鹿面を拝《おが》ませてやるのが楽しみだ」

　吾平は悪態をつく。

　お鈴は溜《た》め息をつき、首を横に振りながらその場を離れた。

　ふと、小上がりの奥の壁際に座っていた男が鋭《するど》い目を吾平に向けているのに気づいた。三十前後だ。ときたま見かける顔だ。

　お鈴がその男に近づき、何ごとか囁《ささや》いた。いまの騒ぎを説明したのかもしれない。

　男は口元を歪めた。

　半吉は立ち上がった。

「女将さん。ここに置きます」

「半吉さん。いつもありがとう」

　お鈴が戸口まで見送ってくれる。誰に対しても、このような心遣いをしてくれる。

これが自分にだけだったら、どんなにいいだろうかと、半吉もまたそう思うのだった。

千鳥橋《ちどりばし》を渡って浜町堀を越えると橘町一丁目で、ここの権太郎店《ごんたろうだな》に半吉は住んでいる。

長屋木戸を入り、一番奥の自分の家に帰った。

腰高障子《こしだかしょうじ》を開けて土間に入る。天窓からの月明かりで竈《かまど》や流しはよく見える。水瓶《みずがめ》から杓《ひしゃく》で水をすくい、喉《のど》を鳴らして飲んだ。

明かりの届かない四畳半の部屋の奥は真っ暗《まくら》だ。上がり框《かまち》に近いところに行灯《あんどん》があるが、あえて火を灯《とも》さなかった。

目が馴れれば部屋の隅の夜具を囲った枕屏風《まくらびょうぶ》や柳行李《やなぎごうり》、そして茶箪笥《ちゃだんす》がわかる。

薄暗い中でふとんを敷《し》き、着物を脱ぎ、褌《ふんどし》ひとつになってふとんに横たわった。

ふと、吾平のことを思いだした。

あんなことを約束して、だいじょうぶだろうかと心配になる。吾平の話は嘘っぽい。今までも、いろいろな嘘をついてきた。周囲が単に聞き流していれば何ら問題はなかったが、今夜のように張り合ったら、あとで困るのは吾平だ。

三日後。三蔵親方の家の作業場で、熱湯に浸《つ》けて柔《やわ》らかくなった檜《ひのき》の薄板を、半吉は太い丸太を転がしながら筒状に丸みをつけていく。

部屋の中が薄暗くなってきて、親方のおかみさんが行灯に火を灯した。

筒状になった檜の薄板を、山桜《やまざくら》の皮で縫《ぬ》い合わせて筒状の小箱を作っていく。

半吉が三蔵親方の家に弟子《でし》入りをしたのは十二歳のときで、爾来《じらい》十年経って去年、住み込みから通いになったのだ。

そろそろ一年になる。居酒屋の『鈴野屋』はそれより二年ぐらい前に開店していた。女将のお鈴の前身は芸者か、旦那《だんな》持ちかもしれないという噂《うわさ》だ。

最初は客にむくつけき男たちが多いことで気後れがしたが、案外とさっぱりした人間ばかりで落ち着いて呑むことが出来た。

通いはじめて何度目かのときに、のんだくれている吾平を知った。

吾平は皺《しわ》だらけで猿のような顔をしていた。半吉の亡くなった親父も猿のような顔だった。だから、半吉は吾平に親近感を持っていた。

もっとも、吾平とまともに話したことはない。吾平はいつも勝手に大きな声で何か叫びながら呑んでいるし、半吉はひとりで黙って酒を呑んでいる。

吾平は誰彼構わず声をかける。たまたま半吉が吾平の前に座ったとき、吾平から声をかけられたのだ。

「おめえ、名はなんだ？」

「半吉です」

「半吉か。じつは誰にも言ってねえが、俺にもおめえぐれえの伜《せがれ》がいる。いま、京に板前の修業に行っているが、十五夜の夜に帰って来るんだ」

そんな話を一方的にした。

横にいた日傭取りの男が半吉に冷笑を浮かべながら言う。

「まっとうに聞いてはだめだぜ。去年も同じことを言っていた。十五夜の夜はここに現れなかった。さすがに、顔をだせなかったのだろう」

半吉にだけ話したような口振りだったが、満月の夜に修業を終えた息子が帰って来るという話は誰もが聞かされていた。

自分を酒問屋の跡取りだと言ったり、板前の伜が迎えに来ると言ったり、吾平の言うことは眉唾《まゆつば》ばかりだ。ほら吹き吾平と呼ばれるのも無理はない。

だが、ほら吹きで済めば問題はないが、今夜のような事態に発展してしまっては吾平の逃げ場がなくなってしまう。

「おい、半吉。手が止まっているぜ」

親方の声で、半吉ははっと我に返った。再びもくもくと、仕事に取りくむ。暮六つを過ぎ、きょうの割り当ての仕事を終え、道具を片づける。そして、立ち上がって作業中に乱れた着物を直す。

「親方。それでは失礼いたします」

すでに居間に下がった三蔵に挨拶《あいさつ》をして、半吉は親方の家を出た。

覚えず足早になったのは、今夜が吾平の約束の日だからだ。俺が一声かければ、青痣与力はどこにでも駆けつける。そう大見得を切った吾平が心配だった。

逆にあれだけ自信たっぷりに言うのは、ほんとうにそうなのかもしれないという思いもあった。

他の者はてんから嘘だと決めつけているが、半吉だけはひょっとしてという期待をしていた。

『鈴野屋』の暖簾《のれん》をかき分けて、早々と客で埋《う》まった店内は盛り上がっていた。半吉は空いている卓に腰をおろした。

「半吉さん。いらっしゃい」

お鈴がやって来た。

「吾平さん。まだですか」

「ええ、まだね。お酒ね」

「はい」

源助や留蔵ら常連の顔が並んでいる。

「遅《お》せえな」

権助が戸口に目をやる。

「逃げたんじゃねえのか」

誰かが笑う。

「呼びに行くか」

吾平を話題にしていることは明らかだった。

半吉がやって来て四半刻（三十分）後、ようやく吾平が現れた。

「おう、吾平とっつあん。来ないかと思ったぜ。さあ、席は空けてある」

権助が笑いながら迎えた。

「ああ」

吾平は無愛想《ぶあいそう》な顔で空いている樽椅子《たるいす》に腰をおろした。

「いらっしゃい」

お鈴が吾平に声をかける。

「酒をくれ」

吾平はどこか元気がないように思える。やはり、自分の言ったことを気に病んでいるのだろう。

「吾平さん。もう一方は遅れてくるのかえ」

権助が揶揄《やゆ》するように言う。

「なんのことでえ？」

「なんのこと？　まさか、三日前の約束を忘れたって言うんじゃないだろうな」

「三日前？」

吾平は苦い顔をした。

「おいおい、耄碌《もうろく》したわけじゃねえだろう。青痣与力をここに連れて来ると言ったな。忘れたとは言わせねえ」

権助がにやつきながら言う。

「それとも、青痣与力を知っているっていうのは嘘だったとみんなの前で謝るか」

「なに、嘘だと。冗談じゃねえ。俺は青痣与力と友だちだ」

「だから、今夜連れて来る約束だったな。もうじき、来るのか」

「今夜は都合が悪いんだ」

「おい、みんな。青痣与力は今夜は都合悪いんだとよ」

権助はわざとらしく言い、

「この前、おまえさんはこう言ったんだ。俺が頼めば、どんなに忙しくても顔を出すとな。あれは嘘だったのかえ」

「嘘じゃねえ」

「だったら、どうして今夜こねえんだ?」

「明日、いや明後日《あさって》の夜なら来ると言っていた」

「明後日だと? おいおい、そうやってごまかすのか」

「ごまかすとはなんだ。言葉に気をつけろ」

「よし、そんなに言うなら、明後日まで待ってやろう。だが、もし明後日も来なかったらどうするのだ?」

「………」

「土下座して詫《わ》びるか。そんなもんじゃすまねえな」

「絶対来る」

「だから、もし来なかったらどうするんだときいているんだ」

「よし。もし、来なかったら、新大橋《しんおおはし》の真ん中から大川《おおかわ》に飛びこんでやる」

「おい、聞いたか」

「吾平さん。そんな約束をしちゃだめよ」

お鈴が吾平に言い、

「権助さんも、いい加減にしなさいな」

と、たしなめた。

「なあに、女将さん。いつもほらばかり吹いている吾平さんを少しこらしめてやるだけだ。それに、吾平さんが本気で川に飛びこむわけはない。口先ばかりだからな」

「やい、てめえたち。じゃあ、もし青痣与力が現れたらどうするんだ？」

「そんときは、俺たちみんなで新大橋から川に飛びこんでやるよ」

「よし。その言葉、忘れるな」

吾平は声を震《ふる》わせた。

「こっちの台詞《せりふ》だ」

「さあ、そんな話はやめにして」

お鈴のとりなしでなんとか騒ぎは治まった。

おとなしく酒を呑みだした吾平だが、やがてぶつぶつ言い出した。やはり、青痣与力と懇意にしているというのは嘘だったのだ。

「死体か」

「死体?」

吾平の言葉を聞き咎《とが》めた。

「ちくしょう。なんであんなことを聞いてしまったんだ」

吾平はぶつぶつ言っている。耳をすましたが、よく聞き取れない。死体というのは聞き違えたのかもしれなかった。

明後日、吾平はどうするつもりなのだ。もはや、あとがない。吾平のことだ。謝ることはしまい。かっとなって、大川に飛び込んでしまうかもしれない。

半吉はそのことを考えると胸が締めつけられた。もう、酒の味がわからなくなっていた。なんだか吾平が哀《あわ》れに思えてならなかった。

二

ふつか後の午後、半吉は風呂敷《ふろしき》に仕上げた弁当箱や小箱を包み、

「親方。では、行ってまいります」

と、三蔵に声をかけた。

親方の三蔵は山桜の皮で筒状のものを綴《と》じていた。

「うむ。頼んだぜ。なにしろ、急にきょう必要だと言うんだからな。風が強いから気をつけてな」

手を休め、親方が注意をする。

「へい。だいじょうぶでございます」

「半吉。ゆっくりして来い」

檜を薄板に削《けず》っていた兄弟子が笑いながら声をかけた。

「いえ、帰ってから、仕事をしないと」

「お茶でも馳走《ちそう》になって来いってことだ」

親方も笑う。

「へい」

なんだかよくわからないまま、曖昧《あいまい》に返事をして、風呂敷の荷を背負って半吉は親方の家を出た。

人形町から本町《ほんちょう》一丁目にある鼻緒《はなお》問屋『真砂屋《まさごや》』に向かう。『真砂屋』に行けると思うと、心が弾《はず》んだ。胸に手を当て、櫛《くし》を確かめる。だいぶ前に買っておいたものだ。

きのうから強い風が吹いていた。きょうになって少し治まってきたようだが、それでもときおり強風が吹きつける。

風が吹くたびに、砂埃《すなぼこり》が立ち、途中何度も歩けなくなった。あちこちで、立ち止まった通行人が俯《うつむ》いて目を押さえている。

それでも、強い風をやり過ごせば、次の風が吹くまでは時間があり、その間にだいぶ距離を稼げた。風が強く吹く間隔が長くなってきたのは、強風の峠《とうげ》を越えたからであろう。

本町通りに入ってからは一度立ちすくんだだけで、『真砂屋』に辿《たど》り着いた。

番頭の案内で、台所のほうにまわり、出てきた女中頭に品物を渡した。

「半吉さん。ごくろうさま」

小肥《こぶと》りの女中頭は半吉をねぎらった。

「いま、お茶をさしあげるから呑んでいきなさいな。おはなにお茶をいれさせますから」

「へえ、ありがとうございます」

半吉の声が弾んだ。

女中頭は弁当箱と小箱を持って奥に向かった。

半吉は上がり框に腰を下ろした。しばらくして、女中のおはなが茶を運んできた。

半吉は緊張した。

「どうぞ」

「これはどうも」

半吉はぎこちなく応じ、湯呑みを摑《つか》んだ。

「うまい」

一口すってから、半吉は言う。

「よかった」

おはなは白い歯を見せた。笑うと笑窪《えくぼ》が出来る。おはなは十八歳だ。小松川《こまつがわ》の百姓の娘で、二年前から『真砂屋』に奉公に上がっている。

「では」

おはなが立ち上がった。女中頭は奥に行っている。

「おはなさん」

思い切って、半吉は呼び止めた。

「これ、よかったら使ってくれないか」

半吉は懐《ふところ》から櫛を出した。

「えっ、なに？」

「ほら、櫛の歯が欠けていると言っていたじゃないか」

「これを私に？」

「ああ、ずっと渡そうと思って持っていたんだ」

「うれしい」

受け取った櫛を胸の前に持ち、おはなは目を輝かせた。

「誰かに見られるから早く仕舞《しま》って」

半吉は照れ隠しで言う。

「半吉さん。ありがとう」

「いや」

おはなが喜んでくれて、半吉もうれしくなった。

女中頭の顔が見えた。

「じゃあ、また」

おはなが去って行く。

女中頭が近づいてきた。

「とてもよい出来栄えだと、内儀《おかみ》さんも満足されていましたよ。三蔵さんによろしくとのことです」

「へい。ありがとうございました。お茶、ご馳走さまでした」

半吉は立ち上がって腰を折った。

外に出ると、風はだいぶ弱まっていた。半吉の足取りは軽かった。櫛を渡すことが出来た。おはなが喜んでくれたことを思いだし、心が浮き立った。

『真砂屋』はときたま品物の注文をくれる。出来上がったものを届けるのは、最近は半吉の役目になっていた。

おはなは頰の赤い純朴《じゅんぼく》そうな娘だった。笑窪が可愛《かわい》く、いつしかおはなと会えるのが楽しみで『真砂屋』に荷物を運ぶようになった。

だが、それだけだ。おはなが自分のことをどう思っているかわからない。話をするのはいつも僅《わず》かな時間でしかない。

それでも、半吉は夢を見ている。もし、おはなが自分のことを満更《まんざら》でもないと思っているのなら、親方に頼んで『真砂屋』の旦那に話を通してもらおう。そんな妄想を勝手に膨《ふく》らませて、半吉はおはなとのことを楽しんでいる。

本町通りを来たときと逆に歩いていると、前方から奉行所同心の一行が歩いて来るのに出会った。

着流しに巻羽織《まきばおり》の侍で、槍持《やりもち》、挟箱《はさみ》持ちが続き、同心らしき侍がついている。何気なく一行に目をやる。先頭の侍は気品があり、重厚な感じで、風格が滲《にじ》み出ている。

あっと、半吉は声を上げそうになった。

(青痣与力)

半吉は心の中で叫んだ。

一行が迫って来た。間違いない。左頰に、勇気と強さの象徴である青痣があった。

半吉は吾平のことを思いだした。吾平が再度約束した期限はきょうである。このままでは、吾平は意地を張って新大橋から大川に飛びこむかもしれない。

吾平のために青痣与力に頼んでみようか。しかし、なんといって頼むのだと、半吉は自問した。

のんだくれでほら吹きの吾平を助けるために、吾平の顔を立ててくれと、そんな虫のいい頼みをするのか。たかが、酒の上での意地の張り合いだ。

ほら吹き吾平のために天下の青痣与力がのこのこ乗り出して来るとは思えない。そんなことは考えるまでもないことだ。

だが、このままでは吾平は引くに引けずに川に飛びこまざるを得なくなる。もちろん、自業自得《じごうじとく》だ。自分で招いた災《わざわ》いだ。そのために、青痣与力を巻き込むなど言語道《ごんごどう》それでも吾平の窮地《きゅうち》を救ってやりたい。せっかく、青痣与力と巡《めぐ》り合えたのだ。これも何かの縁《えん》だ。きっと、天が与えてくれた好機なのだ。

だが、半吉は躊躇《ちゅうちょ》し、気持ちが揺れ動いていた。

はっと気がつくと若い同心が近づいてきた。

「おい、どうした？」

同心が声をかけた。

「えっ」

なぜ同心に声をかけられたのかわからず、半吉はどぎまぎした。

「我らは風烈廻りの一行であるが、さっきから何か用ありげに我らを見ていた。用があるのなら、なんでも話してみろ」

少し離れたところで一行は立ち止まり、青痣与力もこっちを見ている。

「あの御方は青柳さまでございますね」

半吉は震える声できいた。

「そうだ。青柳さまが、そなたに声をかけてみろと仰《おっしゃ》ったのだ」

「えっ、青柳さまが私に気づいていてでございますか」

青痣与力のほうから気にして声をかけてくれたのだ。そのことに勇気を得て、半吉は夢中で訴えた。

「じつは青柳さまにお願いがありまして」

「なに、願いとな」

「はい。どうか、青柳さまにお引き合わせくださいませ」

「少々待て」

同心は青痣与力のところに戻った。そして、何ごとか囁いていたが、青痣与力はすぐに自身番のほうに歩いて行ってしまった。

ああ、と半吉は落胆した。

同心が引き返してきて、

「青柳さまがお会いくださるそうだ」

「ほんとうですか」

「うむ。自身番の前で待っている。すぐに行くがよい」

「へい。ありがとうございます」

「なんと」

「そうだ」

半吉は勇躍して自身番に向かった。

青痣与力は自身番の前で待っていた。

「通行人の邪魔になるので、ここに来てもらった。そなたの名は？」

「へい。半吉と申します。曲物師にございます。人形町の三蔵親分の弟子でございます」

「うむ。曲物師の半吉か。で、私に願いとはなんだ？」

「へい」

半吉はまたも迷った。こんなことを言い出して叱《しか》られないだろうか。あるいは、あっさり断られるのではないか。いろいろな思いが交錯《こうさく》して、半吉は目眩《めまい》がした。

「半吉。遠慮することはない。なんでも話してよい」

「へい」

青痣与力には包み込むような温かさがあった。半吉はそのことにかけた。

「じつは、たいへん厚かましいお願いでございます。どうか、お怒りにならずにお聞きくださいますようお願いいたします」

半吉は腰を折って頼んだ。

「元浜町に『鈴野屋』という居酒屋があります。そこの常連で、鋳掛屋の吾平というものがおります。いつものんだくれては、ほらばっかり吹いているので、ほら吹き吾平と皆は呼んでいます」

半吉は青痣与力が真面目《まじめ》に聞いてくれているのでさらに続けた。

「吾平のほら話はいまにはじまったことではないので、いつも皆はばかにしながら聞き流していましたが、先日、あろうことか、俺は青痣与力の恩人だと言い出しました。吾平のほらに我慢を重ねてきたひとりが業《ごう》を煮《に》やし、だったらここに青痣与力を呼んで来いと言い出したのです」

半吉は青痣与力の顔を窺《うかが》うように見る。話の続きを待っているような様子に、半吉は勢いづいたように続ける。

「一昨日《おととい》が、その約束の日でした。その夜、『鈴野屋』では吾平がつるし上げられました。その結果、今夜、青痣与力を連れて来る。もし、来なかったら新大橋の真ん中から大川に飛び込んでやると約束したんです」

「そうか」

青痣与力は苦笑した。

「青柳さま。ほんの少しの時間で構わないのです。吾平のために『鈴野屋』に顔を出してやっていただけませぬでしょうか。不躾《ぶしつけ》なお願いだということは重々承知でございます」

「吾平とそなたの関係は？」

「『鈴野屋』で顔を合わすだけです。決して人間は悪くないんです。善人なんです。それに、あっしの亡くなった親父に雰囲気がよく似ているので、他人事《ひとごと》とは思えないんです」

「そうか。わかった。行くようにしよう」

「えっ、ほんとうでございますか」

「うむ。元浜町の『鈴野屋』だな」

「さようにございます」

「うむ。何時に行ったらよいのだ」

「へい。出来ましたら、六つ半（午後七時）過ぎ、いえ五つ（午後八時）ごろにお出《い》で願えれば」

せっかく青痣与力が来てくれるのだ。皆の顔が揃《そろ》ったころのほうが望ましい。出来るだけたくさんの客に吾平と青痣与力の親しいところを見せたいという思いが働いた。

「わかった。五つに顔を出そう」

「ありがとうございます。この通りでございます」

半吉は何度も頭を下げた。

半吉は有頂天《うちょうてん》になって、弾むような足取りで、人形町の三蔵の家に帰った。

「親方、行って参りました」

「ごくろう。おや、おめえ、いやにうれしそうだな」

三蔵が半吉の顔を見つめた。

「そうですかえ」

半吉はあわてて自分の顔に手をやった。

「半吉さん。おはなって女中に櫛を渡したんだね」

三蔵のおかみさんが横合いから口を出した。

「内儀さん。ど、どうしてそれを？」

「いつだか、おまえが小間物屋で櫛を買ったのを見ていたんだよ。おまえがおはなに気があると聞いていたんでね」

「げっ。いってえ、誰が？」

「半吉。図星《ずぼし》のようだな」

三蔵が笑いながら言う。

「半吉。すまねえな、俺だ」

兄弟子の重吉《しげきち》が言う。

「いつだったか、俺が『真砂屋』に品物を届けに行ったことがあったろう。そんとき、女中頭が、おめえとおはなのことを話していた。お互い、気があるみたいだってな。だから、それからは、『真砂屋』にはおめえに行ってもらうように、親方に頼んだのよ」

「そ、そうだったんですか」

半吉はうろたえながら言う。

「半吉さん、どうなんだえ」

おかみさんがきいた。

「どうと仰いますと？」

「いやだね。おはなって女中のことだよ」

「………」

「半吉。おめえにその気があるなら、俺が向こうの旦那に掛け合ってやってもいいぜ」

三蔵が言う。

「いえ、そんな。まだ、そんなんじゃねえんです」

半吉はあわてた。

「隠すな」

「だって、満足に話なんかしてませんから」

「よし、わかった。じゃあ、おはなの気持ちを確かめてやろう」

三蔵がその気になった。

「待ってください、親方。そんなことをしたら、向こうがびっくりしてしまいます」

確かに、おはなが自分を好いていてくれるなら、親方に頼んで『真砂屋』の旦那に話を通してもらおう。そんな妄想を抱いていたが、まだそのようなことは早かった。おはなとじっくり話したことはないのだ。

「まあいい。半吉、そんときは俺が一肌脱ぐから遠慮せず、言うんだぜ。いいな」

「親方。ありがとうございます」

きょうはなんていう日だと、半吉は思った。青痣与力が『鈴野屋』に来てくれるというし、親方がおはなのことで『真砂屋』に掛け合いに行ってくれるという。まるで、盆と正月がいっしょに来たようだと、半吉は心が浮き立った。

ともかく、今夜が楽しみだ。作業をしながら、半吉は思わずにやついていた。

三

剣一郎は巡回を終えて、夕方に数寄屋橋御門《すきやばしごもん》内にある南町奉行所に戻った。ちょうど門の外に、定町廻り同心の植村京之進《うえむらきょうのしん》が出て来た。羽織姿の町人と十七、八歳ぐらいの娘がいっしょだった。色白で、目許《めもと》が涼《すず》しく、美しい娘だったが、沈んだような表情が気になった。

ふたりは剣一郎に気づいて会釈《えしやく》をし、それから京之進に頭を下げて引き上げて行った。足が悪いらしく、娘は片足を引きずっていた。それだけでなく、ふたりの後ろ姿は悄然《しょうぜん》としていた。

「何かあったのか」

剣一郎はきいた。

「はい。あの者は小舟町《こぶなちょう》一丁目にある太郎兵衛《たろべえ》店の大家と店子《たなこ》のおしゅんです。じつは、おしゅんの姉おゆきが六日前から長屋に帰って来ないのです」

「帰って来ない？」

「はい。いまだに消息は不明です。自分から失踪する理由はなく、何か事件に巻き込まれたのかもしれないと訴え、私が調べをはじめたのですが、まだわかりません。きょうはふたりで経過をききに来たのです」

「おゆきは何をしているのだ」

「仕事ですか。室町《むろまち》三丁目の浮世小路《うきよこうじ》にある『松風《まつかぜ》』という料理屋で女中をしていたそうです。七月二十六日の夜、お店を休んで、二十六夜待ちに出かけたまま、帰って来なかったそうなのです」

浮世小路にある『松風』は女中も粒選《つぶよ》りで、大店《おおだな》の主人や大名の留守居《るすい》役などが接待で利用している高級な料理屋だ。

二十六夜待ちというのは見晴らしのよい高台から月の出を待つという風習である。十五夜を過ぎるとだんだん月の出が遅くなる。二十六日になると、月が出るのは夜半過ぎ。この夜の月の出は、月光の中に、阿弥陀《あみだ》、観音《かんのん》、勢至《せいし》の三尊が現れるという。

深川洲崎《ふかがわすさき》、湯島天神境内《ゆしまてんじんけいだい》、高輪《たかなわ》などの掛け茶屋に月待ちの客が集まり、酒を呑みながら月の出を待つのである。

「『松風』の女将は、おゆきには好きな男がいたようだから、二十六夜待ちにかこつけて、ふたりでどこかへ行ってしまったのではないかと言うのです」

「好きな男がいたのか」

「はい。両国《りょうごく》広小路界隈《かいわい》をたむろしている冬吉《ふゆきち》という遊び人です。福井町《ふくいちょう》一丁目にある『生駒屋《いこまや》』という口入れ屋に居候《いそうろう》をしているそうです。何度か、店の者がおゆきと冬吉が会っているのを見ていました」

「で、冬吉は」

「それが同じ頃から行方《ゆくえ》がわからないんです。だから、ふたりはいっしょにどこかへ行ったのではないかと……」

「そうか」

「でも、妹のおしゅんは、冬吉が一方的におゆきにつきまとっているだけで、ふたりは付きあってなどいないと言うのです」

「妙だな」

「はい。おゆきは評判の美人だったそうです。ですから、『松風』の客の中におゆきに執心な者がいたのではないかときいてみたのですが、女将は口が固く、のらりくらりとはぐらかされてしまいます」

京之進は閉口したようだ。

「おゆきは他に身内は？」

「おりません。ふた親は十年前に亡くなり、おゆきが母親代わりになっておしゅんを育ててきたのです」

「千手《せんじゅ》観音一味のほうはどうだ」

剣一郎はきいた。

千手観音一味とは掏摸《すり》の集団である。浅草《あさくさ》の奥山《おくやま》、両国広小路、日本橋《にほんばし》周辺などの各地で被害が出ているが、まったく犯人がわからない。一味のそれぞれが掏摸の腕が立つ。財布《さいふ》を盗み取る手が何本もあるようにさえ思われるところから千手観音と誰かが呼ぶようになったのだ。

「残念ながら、まったくお手上げの状態です。先日の二十六夜待ちでは愛宕山《あたごやま》や日暮里《にっぽり》、深川洲崎などの何カ所かで被害が続出しました。なにしろ、掏られたほうがいつ掏られたのかまったく気づいていないのですから」

「そうか。では。私もおゆきの探索に手を貸そう」

「えっ、青柳さまが？」

「うむ。六日になるのはちょっと心配だ。そなたには千手観音の探索があるからな」

「よろしいのでしょうか。助かります」

京之進はほっとしたように言う。

「うむ。宇野《うの》さまにお話を通しておこう」

剣一郎は言い、京之進と別れ、奉行所の玄関を入り、その足で年番方与力の部屋に向かった。

年番方与力は金銭面も含め、奉行所全般を取り仕切っている。一番の古株で、奉行所内のことを知り尽くしている。

「宇野さま。ちょっとよろしいでしょうか」

剣一郎は小机の上を片づけている清左衛門《せいざえもん》に声をかけた。与力の勤務時間は夕方の七つ（午後四時）であり、その時刻を過ぎていた。

「青柳どのか。なんだな」

清左衛門は振り向いた。不機嫌そうな厳《いか》めしい顔はふだんからのもので、剣一郎に声をかけられたのが不快というわけではない。

「門のところで、小舟町一丁目にある太郎兵衛店の大家と店子のおしゅんに会いました。京之進にきくと、姉のおゆきが行方不明とのこと」

「うむ。そうらしいの」

「京之進は千手観音一味の探索にとりかかっており、おゆきの探索までは手がまわらないと思います。私が調べてみたいのですが」

かつて難事件が勃発すると、清左衛門は剣一郎に特別に探索を命じた。剣一郎は定町廻り同心の探索に手を貸してきたのだ。そして、その期待に見事に応《こた》えてきた。

「何か気になるのか」

「はい。行方が知れなくなって六日。言い寄っていた男も姿を消していることが気になります」

剣一郎は自らの意志で失踪したのではないと直感した。母親代わりに面倒をみてきたおしゅんを残して、男とどこかへ行ってしまうとは考えられない。その男とて、おしゅんの話では好き合った同士ではないという。

剣一郎は胸がざわつくのだ。そういう感じがするときは調べたほうがいいと、長年の経験からそう思うのだ。

「青柳どのの勘は見逃すことが出来ぬ。わかった。ぜひ、お願いしよう」

清左衛門は改めて剣一郎に命じた。

「では、失礼いたします」

剣一郎は立ち上がった。

奉行所の往復は継裃《つぎがみしも》、平袴《ひらばかま》に無地で茶の肩衣《かたぎぬ》に着替えるのだが、これから寄るところがあるので、剣一郎は着流しのまま、槍持、草履取《ぞうり》り、挟箱持ちを従えて奉行所を出た。

楓川《もみじがわ》沿いを行き、途中で供の者を先に屋敷に帰し、剣一郎はそのまままっすぐ先を行き、江戸橋《えどばし》を渡った。

そして、伊勢町《いせちょう》堀に面している小舟町一丁目にやって来た。

太郎兵衛店はすぐにわかった。長屋木戸の脇にある荒物屋が大家の家だった。まだ陽《ひ》が落ち切っていないが、もう雨戸が閉まっていた。

剣一郎は木戸を入り、大家の家の裏口に立った。

戸を開けて声をかけると、

「いま行くから、待っていろ」

という声が聞こえた。店子だと思ったようだ。

大家は出て来て、目を丸くした。

「青柳さま。これは失礼をいたしました」

「なあに、気にすることはない。おゆきのことを聞いた。少し、話を聞きたい」

「はい。おしゅんを呼んでまいりましょうか」

「そうしてもらおう。いや、おしゅんの住まいに行こう」

おゆきとおしゅんの暮らしぶりを見てみたいと思ったのだ。

「わかりました。おい、婆《ばあ》さん、ちょっと出て来るから」

大家は奥に声をかけてから外に出て来た。

「こちらでございます」

大家が先に立って、路地の奥に進んだ。さんまを焼いている匂いがした。夕餉《ゆうげ》の支《し》度《たく》をしているのだ。

だんだん薄暗くなってきた。

大家は真ん中辺りの住まいの前で立ち止まった。腰高障子にはゆきという千社札《せんじゃふだ》が斜《なな》めに貼《は》ってあった。

「おしゅん、いいか」

大家は戸を叩いて言う。

「どうぞ」

中から声がした。

大家が腰高障子を開ける。上がり框までさっきの娘が出てきた。土間と反対の正面にも障子があり、坪庭があった。

「おしゅん。青柳さまが来てくださった」

大家が弾んだ声で言う。

「まあ、青柳さまが」

おしゅんが大家の背後にいる剣一郎にあわてて会釈をした。

「おゆきがいなくなった件で、来てくださったのだ」

大家がうれしそうに言う。

「はい。うれしゅうございます」

おしゅんも声を震わせた。

「さっそくだが、詳しい話を聞かせてもらいたい」

剣一郎は促《うなが》した。

おしゅんは大家の顔をみた。

「おまえさんからお話ししなさい」

「はい」

「待て」

大家は桶をどかして、少し場所を空けた。

「青柳さま。どうぞ、お座りください」

剣一郎は腰から刀を外し、上がり框に腰を下ろした。

「姉がいなくなったのは、七月二十六日です。その日、姉はいつもより遅く、夕方になってここを出ました」

「どこに行くとも言わなかったのだな」

「はい。ただ、二十六夜待ちの仕事で遠出をすると」

「仕事で遠出？」

「はい。お金になるからと言って出かけました。それきり、朝になっても帰って来ませんでした。ひょっとして、どこかに泊まり、その日はそのままお店に出たのかと思いました。でも、その日、お店から戻る夜四つ（午後十時）になっても帰って来ませんでした。私は心配で、大家さんに相談に行きました」

「私もびっくりしました。それで、木戸は閉めましたが、私も起きていました。ですが、朝になっても帰って来ません。それで、お昼過ぎに、おしゅんとふたりで『松風』の女将さんに会いに行きました。女将さんはそのうち帰って来ますよと気楽に言うんです」

「女将さんが全然心配しなかったのは、姉さんが好きな男とどこかへ行ったと思っているからということでした。でも、そんなひと、いません」

「女将は好きな男のことを知っていたのか」

剣一郎はきいた。

「そのときは、好きなひとといっしょじゃないのって言うだけでした。でも、あとで植村の旦那には冬吉っていう男がいたと話していたようです」

「ふたりが会いに行ったときには冬吉の名前は出なかったのか」

剣一郎は確かめた。

「はい。私たちには教えてくれませんでした」

「これまでにも、お店を休んだことはあったのか」

「女将の話では、はじめてだそうです」

大家が答える。

「最近、おゆきに変わったことは？」

「いえ、何も」

おしゅんは首を横に振った。

「おゆきはお金になるからと言って出て行ったそうだな。何か、お金が必要なことはあったのか」

「いえ、ただ……」

「ただ？」

「早くおとっつあんとおっかさんにお墓を建ててやりたいと言ってました」

「そうか。お墓か」

「それと、私にきれいな着物を買ってやりたいって」

おしゅんは涙ぐんだ。

「姉さん、お嫁のもらい口がたくさんあったんです。私がいなかったら、いまごろは大店の内儀さんになっていたかもしれません。私のために自分を犠牲《ぎせい》にして」

「おしゅん。そうではない。おゆきはそのほうが仕合《しあ》わせなのだ。自分を犠牲にしているとは思っていない。そんなふうに考えるものではない」

大家が諭《さと》すように言う。

「おゆきと親しい朋輩《ほうばい》から話はきいたか」

「はい。でも、なにも知りませんでした」

「そうか」

「青柳さま。姉は無事でいるのでしょうか。帰ってくるでしょうか。心配でご飯も喉を通りません」

「帰って来る。必ず帰って来る。それを信じて待つのだ。おゆきが帰って来たとき、そなたが病気になっていてはおゆきが心を痛めるだろう」

剣一郎は励ます。

「はい」

おしゅんは大きく息を吸い込んでから肯《うなず》いた。

五つまで時間があるので、剣一郎は室町三丁目の浮世小路に向かった。

『松風』は黒板塀に囲まれた大きな料理屋である。門から踏《ふ》み石を伝い、間口の広い玄関に向かう。

女中が出迎えたが、

「すまぬ。客ではない。女将に会いたい」

と、剣一郎は申し入れる。

女中が呼びに行くまでもなく、帳場のほうから小粋《こいき》な感じの大年増がやってきた。

「これは青柳さまでございますね」

「いかにも南町の青柳剣一郎だ。じつは、おゆきのことで訊ねたいことがあって参った」

ふと間があってから、

「では、こちらに」

と、女将は上がるように勧めた。

客も八丁堀《はっちょうぼり》与力の姿を見れば驚くだろうから当たり前のことだが、女将の一瞬の表情の変化が気になった。

剣一郎は帳場の並びにある小部屋に通された。

女将は向かいに腰を下ろしてから、

「忙しいところなので、申し訳ございませんが、手短に願いたいのですが」

「わかった。では、さっそく。おゆきが失踪した件に心当たりはないか」

剣一郎は切り出した。

「いえ、まったくありません」

「大家と妹のおしゅんには好きな男と駆け落ちしたのではないかと言っていたそうだが、そのような兆候はあったのか」

「いえ。ただ、おゆきには好きな男がいたようでしたから」

「なぜ、一日、お店を休んだだけなのに、駆け落ちだと思ったのだ?」

「前の日に、明日は休ませてくれと言い、そのまま帰らなかったんですから、自分の意志でどこかへ行ったんだと思ったんですよ」

「そう思う根拠はなんだ?」

「………」

「どうした？」

「じつはちらっとおゆきが漏《も》らしたことがあったんです」

「漏らした？」

「はい。おゆきは、妹の面倒を見るのに疲れていたみたいなんです。妹がいると、私は何も出来ないって」

「おゆきは妹からも逃げたかったと言うのか」

「はい。好きな男もいるようでしたし、誘われるままにどこか遠くに行ったんじゃないかと。でも、妹にそんな話はできませんからね」

「うむ」

「でも、二、三日したらすぐに帰ってくると思っていたんですよ。だから、それほど心配していなかったんです。でも、きょうまで帰って来ないのはもう本気でどこか別の土地に行ってしまったのかなと」

「同心の植村京之進がやって来たとき、好きな男は冬吉という名だと話しているが、どうして妹には名前を言わなかったのだな」

女将は少し眉根《まゆね》を寄せてから、

「そのときは冬吉という名を忘れていたんですよ。大家と妹が帰ったあと、そういえば冬吉という名だったと思いだしたんですよ」

「冬吉の名は誰からきいた？」

「おゆきからですよ。ときたま、門の外で待っている男がいるので、おゆきにきいてみたんです。そしたら、冬吉という男だと答えました」

「そうか。冬吉のことを知っているのは他にいるか」

「さあ、いないと思いますが」

「おゆきは美しい女子だったらしいな」

「はい。それは人目を引く器量でございました」

「おゆき目当ての客も多かったことだろうな」

「はい」

「客の中で、夢中になっている者はいなかったか」

「おゆきは身持ちの固い女でしたから」

「客はどのような人間が多いのだ？」

剣一郎が客のことをきくと、女将は警戒ぎみに答える。

「大店の旦那や大名家の御留守居役の方々もいらっしゃってくださいます」

「名前をきいても教えてはもらえまいな」

「ご勘弁ください。皆さま、内証でお出でになってくださる御方ばかりですので」

「わかった。ところで、おゆきと親しかった朋輩からも話をききたいのだが？」

「特に親しいという女中はおりませぬが」

「しかし、いつもいっしょに働いている女中はおろう。それとも何か困ることでもあるのか」

「いえ、そんなことありません」

あわてて言い、女将は廊下《ろうか》に向かって手を叩いた。

すぐに、襖《ふすま》の外で声がした。

「お呼びでございますか」

「すまないけど、おけいを呼んでおくれ」

「はい」

剣一郎はずっと不思議《ふしぎ》に思っていることがある。女将は、おゆきのいなくなったことに、それほど落胆をしていないように思えるのだ。

おゆき目当ての客が多かったことからすれば、おゆきがいないことは商売上も痛手であろう。それなのに、まったくそのような焦《あせ》りは見られない。

「おけいです」

外で声がした。

「ああ、お入り」

女将が声をかけた。

「失礼します」

若い女中が入って来た。

「青柳さまが、おゆきのことで話があるそうだ」

女将が言う。

「はい」

緊張した面持ちで、おけいは女将の隣に座った。

「女将。ごくろうだった」

「えっ？」

「あとは、おけいから話をきく。忙しいところをいつまでも引き止めておくわけにはいかないからな」

女将がいてはおけいも口が重くなるかもしれないので、剣一郎はあえて言った。それに、女将は開口一番、忙しいので手短にと言ったのだ。そのことがあるので、女将は心を残しながら部屋を出て行った。

「さっそくだが、おゆきとは親しくしていたのか」

「お店の中では、一番親しくしていたと思います」

「おゆきの失踪について何か心当たりはないか」

「いえ。突然のことで驚いています」

「冬吉という男のことは知っているか」

「いえ。ただ、つきまとっている男がいて、その名が冬吉だと聞いたことがあります」

「つきまとっている？　付き合っているのではないのか」

「おゆきさんには好きな男のひとなんていません」

「妹の面倒を見るのが負担になっていたことはあるのか」

「いえ、そんなことはないはずです。おゆきさんにとって、おしゅんさんが一番だったんです。それは決して無理をしているというわけではありませんでした。おしゅんさんの面倒を見ることは当たり前のことのように思っていたんじゃないかしら」

女将の話と正反対だ。

どちらかが嘘をついているのか、あるいはひとによって見方が変わるのかもしれない。

「おゆきを贔屓《ひいき》にしている客は？」

「お客さんですか……」

「最近、特におゆきにご執心だった客を教えてもらえぬか」

「でも」

おけいは困惑したようになった。

「そなたから聞いたとは言わぬ。女将にも黙っている」

おけいは戸惑っていたが、

「飯島彦太郎《いいじまひこたろう》さまが、おゆきさんを口説いているところを何度か見ました」

「飯島彦太郎？　どこの武士だ？」

「はい。丸山《まるやま》藩の留守居役でございます」

留守居役は上屋敷に住み、江戸家老の命を受けて幕府との交渉を有利に運ぶように根回しをする役割を担っている。

それだけでなく、各大名は家中の人間が事件に巻き込まれた場合に備え、奉行所にも付け届けをしている。事件を穏便《おんびん》に収めてもらうためだが、この付け届けを奉行所まで持参するのが留守居役である。剣一郎も奉行所で何度か見かけたことがある。三十半《なか》ばと若いながら、有能な留守居役だと聞いた。

「飯島彦太郎どのはよくここを利用するのか」

「はい。他の藩の留守居役の御方もいらっしゃいますが……」

おけいは一瞬目を伏《ふ》せた。何かを言いかけて、思い止まったのかもしれない。気になったが、いきなり廊下から女将の声がした。

「失礼いたします」

襖が開いて、女将が顔を出した。

「申し訳ありません。そろそろ、おけいをよろしゅうございますか。立て込んで参りましたので」

「うむ。わかった。おけい、もういい。すまなかった」

「はい」

おけいが立ち上がり、部屋を出て行った。

「女将。わしも引き揚《あ》げる。邪魔をした」

「さようでございますか」

女将はほっとしたような顔をした。

「何か気がついたことがあれば知らせてもらいたい」

「はい。畏《かしこ》まりました」

剣一郎は女将に見送られて外に出た。

今からなら、ちょうどいいかもしれないと思いながら、剣一郎は元浜町に急いだ。

四

吾平が『鈴野屋』にやって来たのは六つ半（午後七時）を過ぎていた。少し、青ざめた顔だったのは、約束を気に病んでいたからだろうか。

「女将、酒をくれ」

吾平は一番奥の席に腰を下ろしてから板場に向かって叫んだ。半吉の座っている場所から斜交《はすか》いになる。

はあいと、お鈴が返事をする。

「やあ、吾平とっつあん。よく来たな。逃げてしまったかと思ったぜ」

とば口に座っていた権助がにやつきながら吾平のそばに寄った。

「どうして、俺が逃げるんだ？」

吾平が不愉快そうにきく。

「おや、まさか、例の約束、忘れたわけじゃあるまいな」

権助がわざと大きな声を出した。

「忘れるわけねえ。だが、俺は……」

「俺はなんだ？」

「おまちどおさま」

お鈴が酒を運んで来た。

吾平は片手に猪口、もう一方の手に徳利を持ち、注いでは呑み、注いでは呑みした。焦ったような意地汚い呑み方に激しい動揺がみてとれる。

やはり、青痣与力の一件を後悔しているのか。意地を張らずに謝ってしまえばいいのだが、吾平はそんなことが出来る性分ではない。

もしかしたら、本気で大川に飛び込む気でいるのか。吾平さん、安心しな。青痣与力がやって来ることになっている、と言ってやりたかったが、権助たちの手前、そんな説明は出来なかった。

徳利が空になり、

「女将。お酒、お代わり」

と、吾平は叫ぶ。

「やい。さっきの返事はどうなっているんだ？　俺がどうしたって言うんだ？　また、うまい言い訳を思いついたのか」

権助が痺《しび》れを切らして言う。

「違う。言い訳じゃねえ」

吾平が喚《わめ》く。

「吾平さんよ。もう、そんな意地を張ることはねえよ。ひと言、嘘だったと皆に謝ればいいんだよ」

日傭取りの男が助け船を出した。

「謝れだと。何を言うか。俺が謝らなくちゃならねえことはなんにもねえ」

吾平が大声を張り上げた。

「ちっ。まったく、頑固《がんこ》だぜ。こんな偏屈《へんくつ》な人間とまともに話しても時間の無駄だ」

日傭取りの男が匙《さじ》を投げた。

「吾平さん。さっき何か言いかけたけど、何だえ」

それまでずっと黙っていた半吉が口をはさんだ。五つまで持ちこたえれば、青痣与力が来てくれるのだ。

「じつはな」

また、吾平は言いよどんだ。

客もどんどん入って来て、いつものようにほとんど席は埋まってきた。いつもの顔ぶれが揃《そろ》ったことに、半吉は安堵《あんど》した。

「なんだえ」

「じつはな、俺は狙《ねら》われている」

吾平が声をひそめた。

「狙われている？」

半吉は耳を疑ってきき返した。

「そうだ。妙な男が俺のあとをつけてきた。俺を殺すつもりなのだ。俺は殺される」

吾平は声を震わせて言う。

「今度は殺されるだと？　いい加減にしろい。ほらばかり吹きやがって」

権助が呆《あき》れ返った。権助ばかりでない。他の者たちも、さすがに冷たい視線を吾平に浴びせた。

嘘の言い訳に、さらに輪をかけた嘘をつく。その賤《いや》しさに、半吉も正直うんざりした。よりによって、殺されるなどという言い訳は許せないと思った。どうしてそんなことを考えつくことが出来るのだ。

「ほんとうだ。信じてくれ」

吾平が真顔で訴える。

「いってえ、誰がおめえを殺そうとするんだ？」

権助が顔を突き出してきく。

「わからねえ」

「わからねえ。へえ、殺されるかもしれねえのにわからねえんだとよ」

権助がばかにしたように言うと、周囲から失笑が漏れた。

「まじめにきけ。俺は命を狙われているんだ」

吾平が怒鳴《どな》った。

「じゃあ、どうして狙われなきゃならねえんだ」

権助は薄笑いを浮かべてきく。

「たぶん……」

「たぶん、何だ？」

「この間、死体を運ぶ相談をしているのを聞いた」

「死体を運ぶ？」

「そうだ。あれは死体を運ぶ相談だ」

「誰が？」

「見知らぬ男だ」

「おう、吾平とっつあんよ。よくもそんな言い訳を思い付いたな」

「言い訳なんかじゃねえ」

「まあいい。それがほんとうだとしても、そのことと約束は関係ねえ。約束は約束だぜ。今夜、青痣与力が現れなければ橋から大川に飛び込んでもらうぜ」

権助は威《おど》した。

「だから、俺は命を狙われているんだ」

「だったら、青痣与力に頼むんだな」

誰かが口をいれた。

「そうだ。ちょうどよかったじゃねえか。おまえには青痣与力がついているんだ。怖いものはねえ、まったく、うらやましいぜ」

「もう、みんないい加減にして」

お鈴が割って入った。

「吾平さんばかり、どうしていじめるのさ」

「いじめているわけじゃねえ。ほらばっかり吹いているから。こっちも意地になっちまうんだ。吾平さんが、ひとこと悪かった、作り話だったと言えば、それでおしめえよ」

権助がお鈴に説明する。

「冗談じゃねえ。なんで、俺が謝らなくてはならないんだ」

「これだ」

権助は大仰《おおぎょう》に溜め息をついた。

「いいじゃないのさ。吾平さんだってわかっているわよ」

「ほんとうに頑固なとっつあんだぜ」

権助は口元を歪め、

「わかったよ。もう、いい。俺っちの負けだ。吾平とっつあんをまっとうに相手にした俺が悪かった」

と、自嘲《じちょう》ぎみに吐き捨てた。

そのとき、暖簾をくぐって武士が入って来た。

「邪魔をする」

戸口に立って、武士が声をかけた。

あっと権助が声を上げた。急に、店内が騒然となった。半吉は青痣与力の姿を見て、足が震えた。ほんとうに来てくれたのだ。

「吾平はいるか」

青痣与力が辺りを見回した。

「ここにおります」

急いで立ち上がり、半吉は青痣与力のそばに行き、

「奥に座っています」

と、指を差した。

吾平はきょとんとしている。

「吾平さん。青柳さまが来てくださったじゃねえか」

「青痣与力……」

吾平は口をわななかせた。

青痣与力は吾平に近づいた。

「吾平。久し振りだな。達者《たっしゃ》だったか」

「へ、へい」

吾平は喉に引っかかったような声を出した。

権助をはじめ、皆は呆然《ぼうぜん》としていた。

「青柳さま。どうぞ、お座りください」

半吉は吾平の前の椅子を勧めた。

「うむ。かたじけない」

青痣与力は頷《うなず》いてから腰を下ろした。

「吾平。どうした？　そなたが来てくれというから来たのだ」

「吾平さん。どうしたんだ？　青柳さまがお見えじゃないか」

半吉は呆然としている吾平に呼びかけた。

「ああ」

吾平は自分の顔を二、三度両手で叩《たた》いた。

「皆の衆。いつも吾平が世話になっているそうだな。少し、偏屈なところもあるが、根はいい人間だ。吾平をよろしく頼む」

青痣与力は皆に挨拶をした。

「本物だ。本物の青痣与力だ」

吾平は熱に浮かされたように口を開いた。

「青柳さま、女将の鈴にございます。よくいらっしゃってくださいました」

お鈴が改めて挨拶をした。

「一本、つけてもらおうか」

「はい」

お鈴が板場に引っ込む。

他の者は固まったように青痣与力と吾平の様子を見ている。

お鈴が酒を運んで来た。青痣与力は徳利をつまみ、

「吾平、ひとつ行こう」

と、勧めた。

「もったいねえ」

吾平は恐縮した。

「何を言うか」

青痣与力が吾平の猪口に酒を注いだ。

「旦那。私が」

お鈴が青痣与力に酌《しやく》をした。

吾平がうまそうに酒を呑んでいると、権助が大きな体をすくめて近づいてきた。

「吾平とっつあん。許してくれ。俺が悪かった」

いきなり、権助は切り出した。

「吾平さん。俺もだ。おまえさんの言うことをてんから嘘だと決めつけてしまった。すまねえ。この通りだ」

次から次へと、皆が順番に吾平に頭を下げた。

「よしてくれよ。俺のほうこそ謝らなくちゃならねえ」

吾平がうれしそうに顔を皺くちゃにした。

半吉には吾平の気持ちがわかる。寂《さび》しかったのだ。だから、あんなほらを吹いて、皆の歓心を買おうとしたのだろう。いや、ここにいる皆も寂しいのだ。だから、ここに集まって来るのだ。

「夢みてえだ。俺は夢をみているのか」

吾平が涙ぐんだ。そんな吾平を見るのは、はじめてだった。

「権助というのか。さあ、どうだ」

青痣与力が権助に酒を勧めた。

「もったいねえ」

権助は恐縮しながらも猪口を差し出した。

権助と語らい、吾平は楽しそうだった。もう、これでほら吹きの汚名を返上出来るに違いない。そう思うと、改めて青痣与力の気配りに感謝せざるを得なかった。

「青柳さま。ほんとうにありがとうございました」

半吉は青痣与力に礼を言う。

「なかなか、いい雰囲気だ」

青痣与力も満足そうだった。

「青柳さま」

突然、権助が真顔になった。

「さっき、吾平とっつあんから聞いたんですが、じつは吾平とっつあん、ちょっとたいへんな目に遭《あ》っているんでさ。話をきいてやってくださいませぬか」

半吉はあっと思った。吾平のさっきの話は嘘だ。吾平の命を狙うような男がいるとは思えない。きょうの事態を回避しようと考えた作り話だ。

権助は、青痣与力とのことがほんとうなら、他のすべてもほんとうだと信じてしまうような単純なところがあった。

「吾平とっつあん、青柳さまにお話ししたほうがいい」

権助が真顔で勧める。

「吾平。話してみろ」

青痣与力が吾平に言う。

「へい」

吾平は顔色を変え、

「じつは最近、何者かにつけられているようなんです」

と、吾平は切り出した。

青痣与力の前でも作り話を続ける気なのかと、半吉は内心で溜め息をついた。嘘を重ねていくうちに、ほんとうのことだと自分でも思うようになったのか。

「きょうの夕方、下谷《したや》から神田佐久間町《かんださくまちょう》にやって来て、和泉橋《いずみばし》を渡ろうとしたら、うしろからかけて来る足音がしたんです。気になって振り返ったら、おでこの広い男があっしに向かってきました。男は懐に片手を突っ込んでいました。匕首《あいくち》を呑んでいると思いました。そんとき、反対側から職人がふたり橋を渡ってきたので、男はそのまま走って行きました。ただ、脇を走り去るとき、あっしを睨《にら》み付けました」

吾平は真顔で言うが、もしそのことが作り話ではなかったとしても、単に急いでいただけではないのか。吾平の考えすぎではないかと、半吉は思った。

「何か狙われる心当たりはあるのか」

青痣与力はまともに相手をしている。

「そもそもは五日前の夕方のことでした。あっしが、湯島切通町《きりどおしまち》の坂の下の稲荷《いなり》の祠《ほこら》の裏で鍋の修理をしているとき、頭の上から男の声が聞こえたんです。きょうの夜、運び出して大川に重しをつけて沈めるんだと話していたんです。それから、手間賃は十両だと。あっしはそっと立ち上がって坂のほうを見ました。そしたら、むこうもこっちを見ていて」

「顔を見たのか」

「へい。おでこの広い眉毛の薄い男と頬骨の突き出た男でした。ふたりとも二十七、八。和泉橋で走り去ったのはおでこの広い眉毛の薄い男でした」

「会えばわかるな」

「へい」

半吉が驚いたのは、青痣与力がまともに吾平の話を聞いているからだ。信じているのだろうか。

確かにほら話にしては盗み聞きした内容も男の特徴も具体的だ。それに、青痣与力の前で作り話をするとも思えない。

「吾平。住まいを突き止められている可能性があるな。念のためだ。しばらく、身辺を警護させよう」

「とんでもねえ。こんなあっしなんかのために、もったいねえ」

吾平はあわてた。

「何を言うか。そなたは私の恩人ではないか」

「恐れ入ります」

吾平は小さくなった。

「とりあえず、今夜は警護の手配がつかぬ。誰か、今夜吾平のそばについていてやれる者はいないか」

青痣与力が周囲を見回す。

「私でよければ」

半吉が名乗り出た。

「いや、おまえさんより、俺のほうがいい」

権助も口を出した。

「もし、悪い奴らが襲って来ても俺の方が腕っぷしが強いからな」

「でも、長屋まで襲って来るとは思えません。それに、万が一のときは、大声で叫びますから」

半吉は訴えた。

「だいじょうぶか」

「こう見えても、大声には自信があるんだ」

「そうか。おまえさんがそんなに言うなら」

権助は折れた。

「よし。では、吾平。今夜は半吉にそばについていてもらえ。あくまでも念のためだ。明日、警護をつけさせる」

青痣与力が言う。

「へい」

青痣与力は吾平の住まいを聞いてから、

「では、私はそろそろ引き揚げる」

と、立ち上がった。

「青柳さま。このとおりでございます」

吾平が深々と頭を下げた。

「吾平。いいか。あまり意地を張るではない。よいな」

「胆《きも》に銘《めい》じまして」

「女将、勘定だ」

「青柳さま。いけません。ここは私が」

半吉は押しとどめようとした。

「いや、気にするな。久々に皆の心意気のようなものを見せてもらった。その礼だ。女将、釣りは皆のぶんにまわしてやってくれ」

「こんなにいいんですか」

お鈴が目を瞠《みは》った。

「あまったら、他の連中の飲み代にも当ててくれ」

「はい。じゃあ、ありがたく」

お鈴は素直に頷いた。

半吉は青痣与力を外まで見送った。

「青柳さま。ほんとうに、ありがとうございました」

「いや。そなたのひとのために尽くそうとする心意気に感じ入ったのだ。気にするではない。ただ、命を狙われているという吾平の話は偽りとは思えない。本気で怯《おび》えていた。気をつけてやるのだ」

「はい。畏まりました」

半吉は青痣与力が辻《つじ》を曲がって見えなくなるまで頭を下げて見送った。

店に戻ると、吾平が小声できいた。

「おまえさんか」

「なにがですかえ」

半吉はとぼけた。

「青痣与力のことだ」

「俺はただ……」

「いや、すまなかった」

「そんな、謝まらなくていいよ。それより、今夜、付き合うよ」

「そうしてもらおうか」

吾平はうれしそうに酒を呑んだ。

五つ半（午後九時）、『鈴野屋』は看板になり、女将に見送られて店を出た。

「長屋まで送って行こう」

権助が吾平に言う。

「俺たちも送るぜ」

源助が言う。

「なあに、すぐそこだ。それに、半吉がいっしょだ。心配いらねえ」

「いや、万が一ってこともある」

権助は罪滅ぼしでもするかのように、吾平に気を使った。

高砂町の長屋まで、ぞろぞろと浜町堀沿いを賑《にぎ》やかに向かった。

長屋木戸の前で権助たちと別れ、半吉は吾平について長屋の路地を入っていった。

長屋はもう寝静まっている。吾平は、とば口の家の腰高障子を開けた。

足を濯《すす》いで部屋に上がる。

「少し呑むか」

吾平が徳利と湯呑みをふたつ出した。

「ああ」

ふたりで改めて呑み直す。

「汚いところだろう」

「俺のところと大差ないよ」

「さあ、呑め」

「さんざん呑んだから」

「いろいろすまなかったな」

吾平がまた頭を下げた。

「そんなことねえよ。俺のことより青柳さまだ。どこの馬の骨とも知れぬのに、あっしの頼みを聞いてくれた。青柳さまはすごい御方だ」

半吉は素直に青痣与力を讃《たた》えた。

「ほんとうに度量の広い、素晴らしい御方だ。だが、青柳さまに声をかけてくれたのはおまえさんだ。恩に着るぜ」

吾平はしんみりとなって、

「ほんとう言うと、俺は今夜、どうしていいかわからなかったんだ。青痣与力の顔を見たときには俺は頭がおかしくなったのかと思ったぜ」

「何にしてもよかった」

半吉は皺の浮いた吾平の顔を見ながら満足感に浸った。亡くなった親父と呑んでいるような気がしてきた。

「そろそろ寝るか」

吾平が言う。

「ああ、俺はごろ寝でいいよ」

「ふとんはある」

「ふとん？　替えのふとんがあるのか」

ごろ寝のつもりでいたので、驚いてきき返した。

「伜がいつ帰ってきてもいいように揃えておいたのだ」

「俺と同じくらいの年だと言っていたな」

「そうだ。二十三歳になる。秀次《ひでじ》っていうんだ」

「確か、板前だったな。修業で京に行っていると？」

「………」

吾平から返事がなかった。悲しげな表情になった。

「京に行っているというのは嘘なんだ」

「じゃあ、どこに？」

「わからねえ」

吾平は苦しそうな顔をした。

「どうして離ればなれに？」

「俺がいけねえんだ。俺が……」

吾平は嗚咽《おえつ》を漏らした。

しつこくきくことが憚《はばか》られ、半吉は黙っていた。

「若気の至りとはいえ、俺は身勝手だった。俺は指物師《さしものし》だった。自慢じゃねえが、腕はよかった。あるとき、大坂《おおさか》の豪商が娘のために一世一代の簞笥を作りたいと言ってきた。それで、かかあと秀次を残して、俺は親方について大坂に行った。仕事は無事、やりとげた。だが、俺は大坂に女が出来てしまった。親方が江戸に帰るというのに、俺は大坂に残った」

吾平は苦しそうに続けた。

「大坂で仕事をしながら女と暮らした。だが、仕事が減ってきた。金の切れ目が縁の切れ目だ。七年後に女に裏切られた。女が若い男と逃げやがった。さんざん、探したが、ついに見つからなかった」

吾平は辛《つら》そうに酒を喉に流し込んだ。

「それで、江戸に戻った。敷居が高かったが、俺はあつかましくまっすぐ冬木町《ふゆきちょう》の家に帰った。だが、そこにかかあと秀次はいなかった。三年前にかかあと秀次は夜逃げ同然に長屋を出て行ったってことだった」

痛ましい話に、半吉は息苦しくなった。もういい、話をやめてくれと、半吉は叫びたかった。

「それから俺は芝《しば》の露月町《ろうげつちょう》の長屋まで訪ねた。だが、かかあはこの世の者ではなくなっていた。一年前に死んだってことだ。秀次の行き先はわからねえ」

吾平は手のひらで自分の口を押さえた。嗚咽が漏れそうになったのか。

「それからも秀次を探し回った。俺が大坂に行ったのはその十年まえだ。そのとき、三歳だったから十三歳になっていた。まだ、ひとりで生きていける歳ではなかった。だが、見つけ出せなかった」

「……………」

「指物師の親方は俺を迎えちゃくれなかった。指物師としてやっていけなくなった。その後、鋳掛屋の男と知り合い、そのあとを継ぐように今の仕事をしてきた」

「で、いまだに秀次さんを探して?」

「ああ、だが見つけ出す当てはねえ。それでも、鍋釜の修理で江戸の町を歩いていて、何度か秀次らしい男を見かけたことがあった。むろん、人違いだ」

吾平はふいに厳しい顔になった。

「だが、二年前の春だ。俺は行き倒れ寸前の行者を助けたことがあった。道端でうずくまっていたのだ。すぐに医者に担《かつ》ぎ込んでやった。あと少し遅かったら手遅れだったと言われた。一カ月後、元気になった行者が俺を訪ねてきた。何か礼がしたいというから、何もいらない。俺には欲しいものはない、ただ、伜に会いたいだけでと話した。そしたら、その行者は祈禱《きとう》のような真似《まね》をした。やがて言ったんだ。ここ三年以内の名月の光の中から息子は帰って来ると」

「名月の光……」

「俺はその言葉を信じた。だが、二年前の八月十五日は雨で月は出なかった。去年の十五夜も曇《くも》り空で月は顔を出さなかった。今年だ。今年の名月の夜に、秀次は帰って来る。俺はそれを信じているんだ」

「そうだったんですけ」

半吉は痛ましげに聞いた。

だが、半吉は半信半疑《はんしんはんぎ》だった。吾平は秀次が帰って来ると信じているようだが、秀次はどこに現れるというのか。この長屋までやって来るとでも言うのか。

「秀次さんと会えるといいな」

「ああ、会いてえ」

吾平は苦しそうに言う。

「秀次さんをどこで待つんだ？」

「浜町堀だ。今年も浜町堀で待つつもりだ。じつは、先日の二十六夜待ちのときも夜中にそこに行った」

「浜町堀に？」

「ああ、二十六夜待ちのときには浜町堀にも月の出を待つ者が少なからずいた。その夜は長屋木戸も開けてあった」

中秋の名月まであと十日あまり。秀次が現れる。そんな奇跡が起こるとは、半吉には思えない。

しかし、吾平は行者の予言を信じている。

「三年以内というと、今年が最後の年か」

半吉はつぶやくように言う。

「ああ、最後だ」

もし、帰って来なかったらどうするのだとはきけなかった。

「きっと帰って来る」

吾平は自分に言い聞かせるように言った。

「ああ、秀次さんはきっと帰って来るさ」

半吉は祈るように言った。

第二章　刺客

一

翌日、剣一郎は出仕してすぐに、定町廻り同心の植村京之進を与力部屋に呼んだ。

「奇妙な話を聞いた」

と、剣一郎は切り出した。

「高砂町に鋳掛屋の吾平という男がいる。この吾平が七月二十七日の夕方、湯島切通町の坂の下の稲荷の祠の裏で鍋の修理をしているとき、ふたりの男の話し声を聞いた。きょうの夜、運び出して大川に重しをつけて沈めるんだと話していたという。それから、手間賃は十両だとも」

「まさか、死体では？」

京之進は厳しい顔になった。

「おそらくな。というのも、最近、吾平は何者かにつけねらわれており、きのうは危《あや》うく殺されかかったという。相手の男は吾平に話を聞かれたことに気づいて、よけいなことを喋《しゃべ》るなと威しをかけただけなのかもしれないが、いずれにしろ捨ててはおけない。男はふたりとも二十七、八歳で、おでこの広い眉毛の薄い男ともうひとりは頬骨の突き出た男だそうだ」

剣一郎は表情を曇らせ、

「二十七日というのが気になる。もし、殺しが行なわれていたら前夜、二十六夜待ちの夜だ」

「おゆきの可能性があると？」

「そうとは言い切れぬが、時期からして気になる。もちろん、おゆきでなくとも、ひとが殺され大川に沈められているとしたら捨ててはおけぬ」

「わかりました。吾平に会って話を聞いたうえで、湯島辺りを聞き込んでみます」

「それと、吾平の身辺警護を頼みたい。いまは、本気で殺しにかかるかどうかわからぬが、もし大川に沈めた死体が浮かび上がったら、口封じに出るに違いない」

「わかりました。手配しておきます」

「千手観音一味の探索で忙しいだろうが、頼んだ」

「いえ。殺しの可能性があり、捨ておけません。それより、ふたりの男は『生駒屋』

の人間ということも考えられますね」

「そうだな。よし。わしが『生駒屋』に行ってみよう」

「はい。お願いいたします」

京之進が下がったあと、剣一郎は大川に沈められたものに思いを馳《は》せた。

死体に違いない。重しをつけて沈めるというのも死体だからだろう。だから、顔を見られた吾平に威しをかけているのだ。

二十六夜待ちの夜、おゆきは外出した。冬吉といっしょだったのか。その夜、何かあったのかもしれない。

もし、冬吉がおゆきを殺し、その死体の始末を仲間に頼んだとしたら、冬吉はいまどこにいるというのか。

やはり、『生駒屋』に行かねばならない。

「青柳さま」

見習い与力がやって来た。

「宇野さまがお呼びにございます」

「わかった」

剣一郎は立ち上がった。

年番方与力の部屋に行くと、清左衛門が待っていた。

「青柳どの。長谷川《はせがわ》どのが青柳どのもいっしょにと」

そう言い、清左衛門は剣一郎を伴い内与力部屋に向かった。

内与力は、奉行所内の与力ではなく、お奉行の腹心の家来である。お奉行は赴任するときに自分の家来を十人ほど引き連れ奉行所に乗り込んで来る。お奉行が任を解かれたら、いっしょに引き揚げていく連中だが、お奉行の腹心であることをいいことに、お奉行の威光を笠《かさ》に着て威張《いば》っている。手当てだって十分に受け取っている。

その内与力の筆頭が長谷川四郎兵衛《しろべえ》である。

内与力の用部屋の隣にある小部屋で待っていると四郎兵衛がおもむろにやって来た。お奉行の名代という立場で、もとより奉行所にいる清左衛門にも接する。

「ごくろう」

四郎兵衛は鷹揚《おうよう》に言う。

「長谷川どの。御用とは？」

清左衛門が促す。

「さよう。じつはきのうお奉行はご老中から掏摸の被害が続出していることで、いったい奉行所は何をしているのかとお叱りを受けたそうだ」

「はっ、申し訳ございません」

清左衛門は頭を下げた。

「どうなのだ、見通しは？」

四郎兵衛は剣一郎を見た。

「はあ。まだ何も」

「掏摸一味にいいようにやられて、よくそのようにのんびりと構えておられるものだ。被害にあった者は大名家御用達《ごようたし》の商人もおる。その者たちが、奉行所は頼りにならぬと、あちこちの大名や大身の旗本屋敷で触れ回っているようなのだ。これではお奉行の信用に傷がつく」

「お奉行の信用に傷がつくかどうかの問題ではなく、町の者たちが早く安心して外出出来るように警戒を強めます」

剣一郎はお奉行の体面ばかりを気にする四郎兵衛に一矢《いっし》を報《むく》いるように言った。

「青柳どの。お奉行の顔に泥を塗《ぬ》ってもよいと申すのか」

「いえ、我らはひとの命と財産を守り、町の平和を守るために働いているのでございます。お奉行とて同じ思いのはず」

「ふん。まあ、いずれにしろ、早く掏摸一味を壊滅させせよ」

「長谷川さま」

剣一郎は口をはさんだ。

「掏摸は千手観音一味と呼ばれる一団でございます。確かに、被害は多いかと思われますが、付け火や押込みと違い、生命の危機には至りませぬ。なのに、なぜ老中からこの件に関して叱責《しっせき》を受けるのか理解に苦しみます。何かわけでもおありなのでは？」

「うむ」

四郎兵衛は返答に詰まった。

「長谷川さま。いかがなのでございましょうか」

「じつは、ある旗本の奥方が浅草の奥山で財布を盗まれた。その中に、大事な文《ふみ》が入っていたのだ」

「大事な文でございますか」

「そうだ。そのことから、八つ当たり的に苦情を申し立てて来たようだ」

「どのような文なのでしょうか」

「中味まで知らぬ。ともかく、掏摸一味を早く壊滅させよということだ」

「わかりました」

「よいか。宇野どの。なんとしてでも、南町の手で片をつけるのだ。全力を傾《かたむ》けよ」

「畏まりました」

清左衛門も頷く。

「では、頼んだぞ」

四郎兵衛は腰を浮かせた。

剣一郎はかつて内与力のあり方に疑問を呈《てい》したことがある。そのことを根に持って、四郎兵衛は露骨《ろこつ》に剣一郎に難癖《なんくせ》をつける。

そのくせ、剣一郎の力なくしては難事件に太刀《たち》打ちできないことを知っているので、あまり剣一郎を怒らせることは出来ない。

その板挟みで、四郎兵衛はいらだっているのだ。

四郎兵衛が小部屋を出て行ったあと、剣一郎は清左衛門と顔を見合わせた。

「あのお方にとって大事なのはお奉行の体面だけだ。困ったものだ」

清左衛門が苦い顔をした。

「それにしても、大事な文というものが気になります。いったい、どなたの奥方なのでしょうか」

どの程度大事な文かわからぬが、掏摸一味がその内容の重大さを知ったら、新たな事件に発展しないとも限らない。すなわち、その文をもとに旗本の奥方を脅迫《きようはく》するやもしれぬ。そんな危惧《きぐ》の念は清左衛門には伝わらなかったようだ。

「ともかく、向こうの部屋に引き揚げよう」

清左衛門が腰を上げた。

奉行所を出てから、剣一郎は福井町一丁目にある『生駒屋』にやってきた。口入れ屋の『生駒屋』は無宿人などを居候《いそうろう》させており、依頼に応じて土木工事や船荷の積み下ろしなどの人足を派遣している。

親方は勝吉《かつきち》という男だ。剣一郎は間口の広い土間に入った。帳場格子《ごうし》の中に、番頭ふうの男がいた。ふてぶてしい顔つきの男だ。

「これは青柳さま」

急に顔色を変え、愛想笑いを浮かべた。

「勝吉はいるか」

「あいにく外出しております」

「その後、冬吉の行方はわかったのか」

「いえ、わかりません。いったい、どこに行きやがったのか」

番頭は怒りを隠さずに言う。

「『松風』の女中おゆきにつきまとっていたようだが」

「つきまとっていたなんて人聞きが悪いですぜ。ふたりはいい仲だったと聞いてますぜ」

「誰からだ？」

「冬吉からです」

「冬吉は自分ではおゆきといい仲だと言っていたのか」

「そうです」

「じゃあ、二十六夜待ちの日はふたりで出かけた可能性があるな」

「そうだと思いますぜ」

「そう思う根拠はなんだ？」

「本人が、今夜は遅くなると言っていたんですよ。まさか、二十六夜待ちかときいたら、そうだと言っていました。あとできいたら、おゆきも二十六夜待ちに行ったということじゃねえですか。『松風』の女将が言うように、ふたりは二十六夜に、そのままどこかへ行ってしまったんじゃないですかえ」

「それを信じているのか」

「ふたりともいまだに現れねえんです。そう思うしかないじゃないですかえ。野郎、親方からの借金も踏み倒しやがって」

「借金があったのか」

「へえ。親方から三両ばかり借りていたんです」

番頭は顔をしかめた。

「ふたりはほんとうに好き合っていたと思うか」

「そうじゃねえんですかえ」

「冬吉のほうが一方的に思い詰めていたらどうだ?」

「一方的に?」

番頭が不安そうな顔になった。

「思い当たるところもあるんだな」

「いや。思い当たるっていうか、じつのところ、ふたりが会っている現場を見たことがないので」

「すべて、冬吉から聞くだけだったのだな」

「へい。それと『松風』の女将の話です」

ふたりで二十六夜待ちでどこかへ出かけたものの、ふたりの間で揉《も》め事が起きて、冬吉がおゆきを殺した。

その死体の始末を、『生駒屋』の若い者が手伝った。そういう解釈も成り立つ。

「ここに、おでこの広い眉毛の薄い男と、頰骨の突き出た男はいないか。いずれも二十七、八歳だ」

剣一郎は確かめた。

「いえ、そういう男はおりません。ほんとうですぜ。なんなら、調べていただいても構いません」

「いや、いい」

番頭が嘘をついているように思えなかったこともあるが、仮に冬吉がおゆきを殺したとしても、『生駒屋』の人間が、冬吉をかばう理由がわからなかった。

念のためにここにいる男たちを吾平に見せてみようとも考えたが、いまはそこまでは必要ないと考えた。

「冬吉は主にどんな仕事をしていたんだ？」

剣一郎は改めてきいた。

「水茶屋などで、客がいちゃもんをつけたり、暴れたりしたら、兄貴分の男といっしょに客をなだめておとなしくさせるって仕事です」

「つまり、客を威すというわけか」

「いや、そうじゃありません」

「冬吉は気性は荒い方か」

「まあ、気は短いほうでした。上州《じょうしゅう》の生まれですからね」

「どういう経緯でここにやって来たのだ？」

「浅草の奥山でうちの若い者と喧嘩になったんですよ。弱いくせに威勢ばかりはよかった。気絶した冬吉を駕籠でここまで連れて来たんです。鍛《きた》えれば、使い物になるかもしれないと親方が言うものですからね」

「それはいつごろのことだ？」

「二年前です」

「親方はどう見ているんだ？」

「そりゃ、期待していたみたいですがね」

「冬吉がいなくなって、痛手か」

「そりゃ、いないよりいてくれたほうが助かりますよ。だから、よけいに腹が立つんですよ」

「そうか。もし、冬吉のことで何か手掛かりを摑んだら、なんでもいいから知らせるのだ」

「わかりました」

「邪魔したな」

剣一郎は『生駒屋』の外に出た。

浅草御門を抜け、浜町堀を渡って小舟町一丁目にある太郎兵衛店にやって来た。

おしゅんの家の腰高障子を叩く。中から、はあいという声がした。

剣一郎は戸を開けた。

「青柳さま」

おしゅんは片足を引きずりながら上がり框まで出て来た。

剣一郎は土間に入り、

「いま、いいかな」

と、声をかけた。

「はい。どうぞ」

後ろに少し下がり、上がり框を空けた。

「まだ、手掛かりはございませんか」

「残念ながら、まだない」

「そうですか」

おしゅんは暗い顔になった。

「もう、生きていないのでしょうか」

おしゅんは虚《うつ》ろな目できいた。

一瞬、吾平が聞いた話を思いだした。大川に重しをつけて沈めたのは死体であろう。その死体は誰なのか。

「おしゅん。よいか。きっと生きている。信じるのだ」

おしゅんを励ますように言いながら、剣一郎は大川に沈められたのはおゆきではないような気がしてきた。

冬吉におゆきを殺す理由があるとは思えない。

「二十六日のことだが、夕方にここを出て行ったのだな」

「はい。二十六夜待ちの仕事だからと言って……」

「行き先は言わなかったということだが、何かそれらしきことは言わなかったか」

「そういえば、二十六夜待ちだと品川《しながわ》か高輪のほうなのって、私がきいたら、そんな遠くではないわって答えました」

「そんな遠くではない……」

やはり、湯島天神境内、あるいは駿河台《するがだい》などだろうか。吾平が件の話を聞いたのは湯島天神脇の切通坂の下だ。

おしゅんを残して、おゆきが姿を晦《くら》ますはずはない。湯島天神界隈で、あの夜に何かあったのだ。あの夜、月が上って来るのは夜半過ぎだ。それまでは月はなく料理屋などから一歩離れれば漆黒《しっこく》の闇《やみ》であったろう。

その闇の中で、何かが起きたのだ。

いったい、何が起きたのか。

ふと、あることを思いついた。

「おゆきは二十六夜待ちの仕事だと言ったのだな」

剣一郎は確認した。

「はい。そう言いました」

「そのとき、おゆきはお店を休むとは言わなかったのか」

「はい。それは言いません」

冬吉といっしょなら、二十六夜待ちの仕事だとは言うまい。冬吉といっしょだということをおしゅんに隠す為だとしても、もっと他の言い方があったのではないか。お店の朋輩といっしょだと言えばいい。

おゆきは正直に話したとは考えられないか。ほんとうに、お店の女将から頼まれた二十六夜待ちの仕事に行ったのだとしたら……。

相手の名前は口外しないように命じられていたが、仕事で二十六夜待ちに行くという発言は止められてはいなかった。

おゆきがどこに行ったのか、『松風』の女将は知っていると、剣一郎は思った。『松風』の大事な客だ。

それこそ、おゆきにとっては仕事の一環だったのだ。だが、行き先で、何か思いがけないことが起こった。

しかし、おゆきは無事だろう。もし、殺されていたのなら、『松風』の女将はあのように泰然《たいぜん》とした態度でいられるわけがない。

あの女将の様子には不幸な出来事が起こったことを窺わせる暗さはなかった。

「おしゅん。おゆきを必ず見つけ出す。よいか、おゆきの無事を信じて待つのだ」

「はい。ありがとうございます。待ちます。無事を信じて」

おしゅんは健気《けなげ》に自分を奮《ふる》い立たせるように言った。剣一郎の疑いは『松風』の女将に向いていた。

二

剣一郎は室町三丁目にある『松風』の玄関を入った。

「青柳さま」

女将が帳場からあわてて出て来た。

「また、邪魔をする。きょうは、女将に尋ねたき儀《ぎ》があってやって来た」

剣一郎の言葉に、一瞬眉根を寄せたが、すぐににこやかな顔に戻って、

「では、どうぞ、お上がりください」

と言い、前回と同じ帳場の隣の小部屋に案内された。

差し向かいになってから、

「まだ、おゆきの行き場所に思い当たらないか」

「はい。残念ながら……」

ちょっと目を伏せたが、心痛とはほど遠いものだ。この女将にとって、おゆきの失踪は痛くも痒《かゆ》くもないことだ。

やはり、おゆきが無事であることを知っているのだ。そして、おゆきの件にこの女

将も絡《から》んでいる。そう睨んだ。

だが、そのことを正面から問いただしても正直には答えまい。とぼけられるだけだ。剣一郎はためしにきいた。

「先日、おゆきと仲のよかったおけいという女中から聞いた話では、おゆきは冬吉とはなんでもないとも言っていたそうだ。ほんとうに、おゆきは冬吉といっしょに失踪したと思うか」

「私は付き合っていると聞いていましたから」

女将は居直ったように答える。

「おゆきと冬吉がいっしょに出かけたとは思えぬのだが」

「さあ、私にきかれても」

女将は顔をそむけた。

「おゆきは妹に、二十六夜待ちの仕事だと言い残して出かけたという。おゆきが仕事だと言ったのは、いっしょに出かけた相手がここの馴染《なじ》み客だったからではないか」

「いえ。そんなことはありません」

女将はむきになって否定した。

「どうしてだ？」

「店の女中たちに、お客さまと外で会うことは厳禁だと言い聞かせております」

「では、なぜ、おゆきは二十六夜待ちの仕事だと言い残したのか」

「さあ、冬吉とのことを言いたくなかったのかもしれません」

「まだ、冬吉といっしょだと思っているのか」

「私はそうだと思っています」

女将ははっきり言う。

「おゆきは生きていると思っているのか」

「ええ、もちろんです。落ち着いたら、何か言って来ると思いますよ」

「なぜ、そんなに落ち着いていられるのだ？」

「えっ？」

剣一郎の問いかけに、女将は小首を傾《かし》げた。

「おゆきはこの店の一番の稼ぎ手ではなかったのか。その美貌《びぼう》から人気があり、おゆき目当ての客もたくさんいた。そんなおゆきが無断でいなくなったというのに、ずいぶん落ち着いているではないか。おゆきがいなくなって、店の売り上げにも影響を及ぼすかもしれぬというのに」

「それはおゆきがいなくなってとても困ってますよ。でも、おゆきは最近、ときたま上《うわ》の空《そら》でいることがあり、何か思い悩んでいるようだったので、ひょっとしたらお店をやめようとしているのかもしれないと思っていたんです。ええ、前にもお話ししたように、妹のことです。このまま、一生妹のために生きていかなくてはならないなんてって零《こぼ》していましたから、それなりの覚悟をしていました」

「それなりの覚悟?」

「ええ。万が一、おゆきがやめても困らないように、おゆきに負けないくらいの女中を探していました」

「で、おゆきに代わる女中は見つかったのか」

「いえ、なかなかおりません」

「それにしては、落ち着いているな」

「いえ、そう見えるだけです。とても胸が痛んでいます」

「そうか。そなたは、おゆきが戻ってくると思っているのか」

「ええ、いつか戻って来ると思います」

「そうか。わかった。すまぬが、おけいを呼んでくれないか」

「おけいですか。少々、お待ちください」

女将は立ち上がった。

前回はぽんぽんと手を叩いて女中を呼び、おけいに来るように伝えたが、きょうは自《みずか》らおけいを呼びに行った。

おそらく、余計なことは喋るなとおけいに釘《くぎ》を刺すためであろう。やがて、襖の外で、失礼しますと声がした。

おけいが入って来た。どこかぎこちないのは女将にいろいろ言われて来たからだろう。

「また、ききたいことがあってな」

「はい」

「前回、わしと会ったあと、女将から何か言われたか」

「いえ」

おけいは小さくなって答えた。

「いまもここに来る前に、何か言われてきたな」

「…………」

おけいは俯いた。どうやら、図星のようだった。

「では、答えられる範囲で答えてくれればよい」

「はい」

「おゆきは妹に、二十六夜待ちの仕事だと言い残して出かけておる。ここの店の上客といっしょに二十六夜待ちに出かけたとは思えないか」

「いえ。お客さんと勝手に外で会うことは禁じられていますから」

「勝手に？　勝手でなければ、客と外出することもあり得るのだな」

「ええ、まあ」

また、おけいは俯いた。

「そなたも出かけたことがあるか」

「はい」

「二十六夜待ちにも行くことはあったのか」

「いえ。それはありません」

剣一郎はふと気がついた。

「花見や花火見物など、屋形《やかた》船に乗ったことはあるのだな」

「はい。おゆきさんといっしょに」

おけいは小さくなって答える。

「誰だ？　客の名は？」

「お許しください。叱られてしまいます」

「では、わしから質問をする。そうなら頷き、違うなら首を横に振るのだ。よいか、おゆきを助け出すために必要なのだ」

あえて、おゆきを助け出すという言い方で危機感を煽《あお》った。おけいははっとしたように頷いた。

「外に誘う客は商人にも武士にもいるのか」

おけいは首を横に振った。

「商人か」

おけいはまた首を横に振った。

「武士か」

おけいは頷く。

「誰もがそうするのか」

おけいは首を横に振る。

「たったひとりか」

おけいは頷く。

「その武士の誘いには、女将は許しを出すのか」

おけいは頷く。

「その武士の名は、ひょっとして飯島彦太郎どの?」

前回、おけいから聞いた丸山藩の留守居役だ。

おけいは頷いた。

「飯島どのは、その後、ここに顔を出しているか」

おけいは二回頷いた。

おけいをこれ以上、苦しめるわけにもいかず、剣一郎は話を切り上げた。

「わかった。もうよい。そなたは何も喋っていない。女将の前でも堂々としていればよい。いいな」

「はい」

「ごくろうだった」

剣一郎はおけいといっしょに部屋を出た。

帳場の前で女将が待っていた。

「おけい、ごくろうさま」

女将はおけいに鋭《するど》い視線を送ってから、

「青柳さま。お力になれたでしょうか」

と、探るようにきいた。

「いや。おけいは何も知らないようで、あまり得るところはなかった。時間ばかりとらせてしまったようだ」

剣一郎はおけいがあとで叱られないように手を打った。

「女将。邪魔をした」

剣一郎は土間に下り立った。

「どうぞ、いつでもお越しを」

女将は心にもないことを言う。

剣一郎は『松風』を出たところで振り返った。女将が何かを知っていることは間違いない。そして、おゆきの失踪の裏に、丸山藩の飯島彦太郎が関係しているように思えてならなかった。


剣一郎は奉行所に顔を出し、宇野清左衛門と会った。

「宇野さま。丸山藩の留守居役飯島彦太郎どのをよくご存じでいらっしゃいますか」

「飯島どのなら、長谷川どののほうがよくご存じだと思うが」

付け届けをもって奉行所の玄関を訪れる留守居役に挨拶に出て行くのは、公用人である内与力の長谷川四郎兵衛である。

たまさか事件が起これば、留守居役は与力にまで付け届けをするが、もっとも多く接するのは長谷川四郎兵衛である。

「で、飯島どのに何か」

「じつは、おゆきの失踪事件のことで」

剣一郎は『松風』の女将の不審な態度と飯島彦太郎との関係から、このふたりが失踪に関わっているように思えてならないと話した。

「飯島どのがおゆき失踪に絡んでいると？」

清左衛門も目を見開いた。

「あくまでも私の勘でしかありません。しかし、気になるのです」

「飯島どのは、才知に長《た》け、まだ三十半ばでありながらなかなか遣《や》り手の留守居役だ。青柳どのも覚えていよう。五年ほど前、江戸の町中で家中のひとりが別の大名の家来を斬り、両家が一触即発《いっしょくそくはつ》の事態になった。奉行所の調べで丸山藩の家来に全面的に落ち度があったということが明らかになったが、結果は喧嘩両成敗でけりがついた。飯島どのが素早く老中はじめ大目付、御目付、それに奉行所などに付け届けをしたからだ」

「はい。そのとき、長谷川さまが飯島どのからたいそうな付け届けを受け取ったという話でしたが」

「さよう。長谷川どのは、お奉行の威を借り、三廻りの同心に圧力をかけ、飯島どのの筋書き通りにことを運ばせたのだ」

飯島彦太郎の豪腕《ごうわん》ぶりに、清左衛門も驚いたと述懐《じゅっかい》し、

「当時でまだ三十歳ぐらいだった。丸山藩は飯島彦太郎がいる限り、何の心配もないと言われるほどだ」

「いま、丸山藩では何か問題を抱えているのでしょうか」

「いや、そのような話はきかぬ。好色な藩主清幸《きよゆき》公はいまは江戸におらぬはずだが……」

丸山藩野上《のがみ》家藩主の野上能登守《のとのかみ》清幸はいまは国元に帰っている。したがって、藩主絡みではないと、清左衛門が暗に言ったのだ。

清幸公がいくら好色だとしても、料理屋の女中に目をつけるとは思えない。だが、清左衛門は清幸公が好色だということに引っかかったようだ。

「まさか、おゆきを気に入って国元に連れ去ったということはありえまい」

清左衛門は自分で自分の考えを否定した。

「いや。そのために飯島どのが動くはずはない。あの御仁は、御家のために動き回る

が、清幸公のためにそこまではしないはずだ」

「逆にいえば、御家のためなら何でもするということでしょうか」

「そういうところはある」

清左衛門は言い切った。

「宇野さま。野上家に何か問題があるのか調べていただけませぬか。そのことと、おゆきの失踪がどう結びつくのかわかりませんが、気になることは一つずつ潰していきたいと思います」

「わかった。お奉行から大目付どのにきいていただこう」

「丸山藩を調べることについては、長谷川さまから横やりが入りませぬか」

「いや。丸山藩で問題が起これば、それを穏便に収めようとまた飯島どのから付け届けが来る。そう思ってかえって歓迎するかもしれぬ」

「そんなものでしょうか」

剣一郎は半ば呆れた。

「あの御仁はそういう御方だ」

清左衛門は澄《す》ました顔で言った。

奉行所を出て、剣一郎はもう一度小舟町一丁目にある太郎兵衛店に向かった。念のために、おゆきから飯島彦太郎の名をきいたことがないかを、おしゅんに確かめるためであった。

おゆきは何度か飯島彦太郎に誘われて、舟遊びをしている。その話をおしゅんにしているかもしれない。

伊勢町堀から小舟町一丁目に入る。太郎兵衛店の木戸まで来たとき、おしゅんが町角を曲がって来るのが目に入った。

おしゅんが足を引きずりながら近寄って来た。

「仕立物を届けに行ってきました」

「そうか。じつは、ひとつ聞き忘れたことがあってな。すぐ終わるので、ここでいい」

「はい」

「おゆきの口から飯島彦太郎という名を聞いたことはないか。丸山藩野上家の留守居役なのだが」

「飯島さま……」

おしゅんは考え込んだ。

「そう言えば、聞いたことがあります」

「どんなときだったか覚えているか」

「一度、姉さんは考え込んでいることがありました。なんだか塞《ふさ》ぎ込んでいるようなので、どうかしたのってききました」

おしゅんは思いだしながら、

「そしたら、飯島さまからねと言い出して、はっとして我に返ったように、なんでもないわって作り笑いを浮かべたんです」

「飯島どのから、何かを言われたということか」

「そうだと思います」

「なんだと思うな」

「わかりませんが、私のために自分を犠牲にすることだったかもしれません」

「というと？」

「以前にも、姉にお妾《めかけ》さんの話がありました。妾になれば、私まで一生面倒見ると言われたそうです。そのとき、私は姉さんに、そんなことをされても私はうれしくもなんともないと泣きながら断ってと頼みました。もしかしたら、また同じようなことを言われたんじゃないかと思います」

「なぜ、おゆきはそなたのためにそうまでして尽くそうとするのだ」

「たぶん」

おしゅんが思い詰めたような目を向けた。

「私がこんなになったのを自分の責任のように思っているんです」

そう言って、おしゅんは自分の悪い方の足を叩いた。

「その足はどうしたのだ」

「子どもの頃、姉さんと遊んでいるとき、近所の商家に積んである荷が崩《くず》れて、私の足の上に落ちて……」

おしゅんが恐怖を蘇《よみがえ》らせたように頰を引きつらせた。

「それを、なぜおゆきは自分の責任だと思い込んでいるのだ？」

「姉さんといっしょだったんです。荷が崩れそうになったとき、姉さんはすぐに逃げました。私だけ逃げ遅れて。私がのろまだったんです。でも、姉さんは自分だけ逃げたと気にして」

「そうか。その負い目があるのか、おゆきには」

「はい」

まさか、飯島彦太郎はおゆきを妾に狙っていたのだろうか。その交渉を『松風』の女将としたのであろう。

やはり、女将はおゆきが無事であることを知っているのだ。

「おしゅん。この前も言ったが、おゆきは無事だ。ますます、そう思えてきた」

「ほんとうですか」

「間違いない。どうして、そう言えるのか。わけは今は明かせないが、わしを信じるのだ。ただ、そなたに連絡がとれない状況にあるようだ。そのことはまだわからないが」

「でも、姉さんが無事でいるらしいことがわかっただけでもうれしいです」

おしゅんは目を輝かせた。

「では、また何かあったら知らせる」

「はい。お願いいたします」

おしゅんは長屋の路地に入ったところで振り返り、もう一度頭を下げた。

二十六夜待ちの夜、おゆきは飯島彦太郎といっしょだった可能性が高い。さすがに、野上家の上屋敷に連れ込んだとは思えない。

どこかに懇意《こんい》にしている者がいるのではないか。おゆきは、そこに軟禁《なんきん》状態にある。そんな気がしてならない。

おゆきが自らの意志でおしゅんに連絡をとろうとしないとは考えられない。おそらくおゆきは飯島彦太郎にとって色好《いろよ》い返事をしていないのであろう。いまはまだ無事でも、これからも無事でいられるとは限らない。

早く、助け出さなければならないと、剣一郎は焦りを覚えた。

伊勢町堀から京橋《きょうばし》に出たところで、京之進とばったり会った。

「青柳さま」

京之進が近づいて来た。

「ちょっと気になる噂を耳にしたと、護衛している手下が私に知らせてきたのですが」

京之進が遠慮がちに切り出した。

「なんだ？」

「はあ。吾平は、ほら吹き吾平の異名があるそうです。自分の伜が京に板前の修業に行っているというような嘘も言っていたと」

「うむ。確かに、吾平は今までは、さんざんほらを吹いていたようだ。それも自分に関心を持ってもらいたいからだろう。寂しかったのに違いない。だが、秘密の会話を聞いたというのはほんとうだ。本気で怯えていた。それに、もうほら吹き吾平の汚名は返上したはずだ。信じてやって欲しい」

「わかりました」

「大川に沈めてもいつか死体は浮かび上がってくる可能性がある。だから、秘密を知った吾平の口を封じようとしているだろう。だが、まだ死体は上がらないのだから、敵はあわてて吾平を始末する必要はない。それで、危険を冒《おか》さないだけで、死体が浮かんだら始末にかかるかもしれぬ。その注意だけは怠《おこた》らないようにしてもらいたい」

「わかりました。護衛の者にそう申し伝えておきます」

去って行く京之進の後ろ姿を見送りながら、ほら吹き吾平の汚名はもう過去のものだと、剣一郎は信じたかった。

三

数日後。暮六つ（午後六時）の鐘《かね》を聞いてから、半吉は道具を片づけた。

「おい、半吉」

三蔵親方が声をかけた。

「へい」

「明日の夕方、『真砂屋』で出入りの親方衆が集まって一席設《もう》けてくれることになっている。おめえは、その席にはつけねえが、供の者にも台所で酒を振る舞ってくれるそうだ。おめえ、俺の供をするか」

「とんでもねえ。いくらお供と言ったたって、あっしなんかじゃ」

半吉は謙遜《けんそん》でなく、親方のお供なら兄弟子のほうがいいと思ったのだ。

『真砂屋』には大工《だいく》、左官《さかん》屋、指物師などたくさんの職人が出入りをしている。そうそうたる親方ばかりだ。

「いい機会だぜ、半吉。親方衆の酒宴が終わるまで台所に席を設けてくれるっていうんだ。おはなって女中に会えるんじゃねえか」

「えっ、おはな……」

半吉は耳まで熱くなった。

「よし、じゃあ、行くぜ。いいな、そのつもりでな」

三蔵はそのつもりになっていた。

「へ、へい」

「半吉。顔が赤いぜ」

兄弟子が笑った。

「いえ、その」

半吉は三蔵親方の家を逃げるように出てから元浜町の『鈴野屋』に急いだ。

『鈴野屋』の暖簾をくぐると、まず権助の声が聞こえ、いつもの場所に吾平が座っていた。吾平の前が空いていたので、そこに腰を下ろした。

「半吉さん、いらっしゃい。きのうはどうしたの？」

お鈴がきく。

「仕事がたまって夜なべだった」

「忙しいのは結構なことだ」

吾平が口を挟《はさ》んだ。

「吾平さん。何事もなかったかえ」

「ああ、岡っ引きの親分さんが目を光らせてくれているから何も起きなかった」

「そうか、よかった。で、その親分は？」

「外にいるはずだ」

「外に？　そうか、気がつかなかった。でも、まだ安心は出来ねえな」

半吉は顔をしかめた。

そのことも心配だったが、半吉が気になるのは行者の予言だ。満月の夜に伜が帰って来るという。

満月まであと十日ほど。ほんとうに帰って来て欲しいと思うと同時に、予言なんて当たらないものだと思った。

ふと戸口に新しい客が入ってきた。いつぞや見かけた三十歳前後と思える目付きの鋭い男だ。先日はひとりだったが、今夜は連れがいた。若い男だ。

「いらっしゃい」

お鈴がふたりを迎えた。

半吉はさりげなく振り返る。ふたりは小上がりの奥の壁際に腰を下ろした。もうひとりの男ははじめて見る顔だ。色白の細面で、鼻筋が通ってきりりとした感じだった。

お鈴はその男を知っているのか、ふつうに話をしている。だが、常連客に見せる愛想をふたりには向けなかった。

だが、そのことがかえって、半吉にはお鈴とふたりの男との親密さを窺わせるのだった。

「どうしたえ、半吉」

吾平が訝《いぶか》しげにきいた。

「いや、なんでもねえ」

「そうか。あのふたりを気にしていたな」

吾平が小声できいた。

「あの若いほうははじめて見るが」

「そうだな。いや、以前にも見たかもしれねえな。なぜだ?」

「いや、なんでもねえ。ただ、誰にでも平等に接する女将なのに、あのふたりにはどこかよそよそしい気がしたんだ」

「ふうん」

吾平は気がない返事をした。

権助が吾平のそばにやって来て話しはじめた。ふたりはいまではすっかり打ち解けている。

そんなふたりを余所《よそ》に、半吉は酒を呑みながら明日のことを考えた。

親方や兄弟子は、半吉が女中のおはなのことを好いていることを知って、応援してくれているのだとわかった。

だが、半吉はうれしい反面、困惑もある。まだ、おはなとじっくり話したことなどない。確かに、自分に向けるおはなの眼差《まなざ》しは特別なものがあるような気がしている。櫛を渡したときも、目を輝かせて喜んでくれた。だから、自分に満更でもない気持ちを持ってくれているとは思う。だが、まだお互い、何も知らないのだ。

新たな客がやって来た。着物を尻端折《しりつぱしょ》りした三十前の男だ。丸顔で笑みを浮かべている。はじめて見る顔だ。

小上がりの奥のふたりと仲間かもしれないと思っていると、そっちに目を向けたものの、立ち止まって辺りを見回している。

「いらっしゃい」

お鈴が迎えに出た。

「ひとりですが、よろしいですか」

口調も穏《おだ》やかだ。

「はい。どうぞ」

半吉のひとつ横が空いていた。

男はそこに座り、お鈴に熱燗《あつかん》を頼んだ。

きょうも店は盛況だ。いつの間にか、小上がりの奥のふたりは引き揚げたようだ。

あのふたりがなんとなく気になった。

お鈴の接し方がよそよそしいことがかえって気になるのだが、ふたりは前々からのお鈴の知り合いかもしれない。そんな気がした。

「おまえさん、見掛けねえ顔だな」

権助が新しい客に声をかけた。

「へえ、益次《ますじ》って申します。ここの女将が色っぽいと聞いて、どんなもんかと思いやしてね」

「で、どうだ?」

権助がにやつきながらきく。

「いや、噂に違《たが》わぬ色っぽい女ですねえ」

益次が言うと、お鈴が酒を持って来た。

「おひとつ、どうぞ」

お鈴が徳利を持つ。

「はあ、どうも」

笑みをこぼして、益次は猪口を手にした。

お鈴が益次に酌をしている姿を見て、奥にいたふたりにはこのような愛想を見せたことがないと半吉は思った。

ふたりがお鈴の前々からの知り合いだという考えを強くした。

「益次と申します。商人です」

益次がお鈴に言う。

「これからもご贔屓に」

そう言い、お鈴が別の客に呼ばれて行った。

半吉は立ち上がった。

「吾平さん。お先に」

「ああ。また、明日な」

「明日はちと用があって来られないんだ」

「そうか。そいつは残念だ」

吾平はがっかりしたように言う。

「吾平さん。十五夜は俺もいっしょに待つぜ」

「わかった」

吾平は顔をしわくちゃにした。

半吉は『鈴野屋』の外に出た。向かいの暗がりで、岡っ引きの手下らしい男が所在なさ気に立っていた。

半吉は明日のことを思って自然に顔が綻《ほころ》んだ。

おはなに会える。少しずつだが、おはなとの距離が縮まっていくような気がしていた。

翌日の夕方、半吉は三蔵といっしょに本町一丁目にある『真砂屋』にやって来た。出入りの親方衆はそれぞれ『真砂屋』の旦那がしつらえてくれた半纏《はんてん》を着て訪問する。三蔵も、『真砂屋』の名入りの半纏を着ていた。

三蔵たちは大広間のほうに案内されたが、半吉は台所に向かった。台所の脇にある部屋に、半吉と同じように供でやって来た若い職人たちがたむろしていた。

「お邪魔します」

顔馴染みの職人も多い。

女中が酒を運んできた。親方衆の宴席と違い、こっちは車座だ。全部で七人だ。

「よお、おはなちゃん、また一段と女っ振りを上げたな」

職人のひとりがおはなに声をかけた。

おはなが笑いながら徳利を置いて行く。

半吉の傍《そば》に来たとき、

「忙しそうだね」

と、半吉は声をかけた。

「ええ。ここは私だけですから」

そう言い、おはなはあわただしく去って行く。おはな以外は全員、大広間の宴席のほうに関わっているらしい。

職人同士で気が合うのか、女の話で盛り上がっている。夜鷹《よたか》買いの話題にもなったが、半吉はその話の輪に加わらなかった。

ひとりだけ仲間外れでぽつんとしているようだが、こういう喧騒の中で、ひとり静かに酒を呑むのが好きなので、半吉はここにいることは苦ではなかった。なにもまして、おはなの近くにいるというだけで気持ちが弾んでくる。

さっき、おはなが近づいたとき、さりげなく髪に目をやったが、挿《さ》していた櫛が自分の贈《おく》ったものかどうかわからなかった。

色合いがちょっと違うような気がしたが、確かめることができなかった。

大広間からは賑やかな声が聞こえてくる。『真砂屋』の旦那は出入りの職人の親方をときたま招《まね》いて宴席を設ける。『真砂屋』の名入りの半纏姿が揃っているのを見ることに無上の喜びを覚えるらしい。

ある意味、これだけの職人を出入りさせているということは、『真砂屋』の店の勢力の誇示《こじ》にもなり、満足な気持ちになるのだろう。

おはなが新たな酒を運んで来た。

「おや、おはなさん。いい櫛をしているな」

誰かがおはなの髪に目をやった。

「やっ、鼈甲《べっこう》じゃねえか。こいつは上物だ」

鼈甲……。半吉はおはなのほうに目をやった。鼈甲じゃありませんよ。おはながそう言うのを期待したが、おはなは言った。

「いただいたんです」

「おだやかじゃないね。いったい、こんな高級品を誰がくれたのだ?」

左官屋の職人がきく。

「おはなさんのいいひとだな」

「違います」

「ほれ、顔が赤くなって」

「知りません」

おはなは酒を置いて逃げるように去って行く。

半吉は耳鳴りを感じていた。半吉がおはなに贈ったのは柘植《つげ》の櫛で、鼈甲ではなかった。あの職人が見間違えたのではない。おはなは否定しなかったのだ。同じ時期に別に櫛を贈った人間がいるのだ。おはなには好き合った男がいるのだろうか。ふと、職人の声が聞こえてきた。

「たぶん、あの櫛を贈ったのは小間物屋の清次《せいじ》だ」

「ああ、あの男か。ちょっと、にやけた男だな」

「そうだ。あのふたりは出来ているのかもしれねえな。奴、おはなを狙っていたからな」

「へえ、そうなのか。知らなかったぜ」

耳を塞《ふさ》ぎたかった。猪口を持つ手が震え、酒がひざにこぼれたのにも、半吉は気がつかなかった。

帰り、三蔵親方はすっかり酔っぱらっていた。足元がふらついているので、半吉が肩を貸そうとすると、

「だいじょうぶだ。いい」

と手を出して、半吉を押し退《の》けた。

人通りの絶えた本町通りを歩く。犬が横切り、商家の屋根で猫が鳴いた。

三蔵はさっきからずっと黙りこくっていた。宴席で何かあったのだろうか。気になって、半吉はきいた。

「今夜はいかがでしたか」

「うむ。なかなか、楽しかった。旦那も内儀さんも俺たちの仕事に大満足の様子だった。俺も鼻が高かった」

「それはよございました」

「うむ」

喜んでいるわりには話が弾まない。

また、黙ったまま歩いて行く。親方の横顔が屈託《くったく》がありそうに暗かった。

「親方」

痺れを切らして、半吉は声をかけた。大伝《おおてん》馬町《まちよう》二丁目に差しかかっていた。

「うむ？」

足を止めずに、ちらっと顔を向けた。

「何かありましたか」

「何かとは？」

「さっきから、あまりお喋りにならないんで」

「………」

もしかしたら、三蔵はおはなのことを旦那に話したのではないかと思った。そのことが屈託になっている。そんな気がした。

「親方。ひょっとして、おはなさんのことで何か？」

三蔵は立ち止まって、驚いたように顔を向けた。

「そうなんですね。おはなさんのことで旦那から何か聞いたんですね」

「半吉。じつはおはなは……」

「わかっています」

「わかっている？」

三蔵は不安そうな顔をした。

「もういいんです」

半吉はすべてを察した。三蔵は『真砂屋』の旦那におはなのことをきいたのに違いない。旦那の返事は三蔵を落胆させるものだったのだ。

「何がいいんだ？」

「おはなさんのことです。好きな男がいるらしいって」

「そうか、知っていたのか」

三蔵はふうと大きく溜め息をついた。

再び歩きはじめてから、

「おはなに縁談が舞い込んだらしい。詳しくはきかなかったが、『真砂屋』の得意先の次男坊だそうだ。おはなを気に入り、どうしても嫁にしたいと父親を説得したらしい。女中風情を嫁にするなどとんでもないと叱ったが、どうしてもという懇願に負けたそうだ。折りを見て、『真砂屋』の養女ということにして……」

半吉は途中から聞いていなかった。

なぜ、うれしそうに櫛を受け取ったのだと恨《うら》みがましく思ったが、考えてみれば、おはなはあのときどうすればいいのか迷っていたのだろう。傷つけてでも、突き返すべきか。

だが、そんなことは出来なかったのだろう。

「すまなかったな。俺たちが煽ったような形になっちまった」

三蔵がすまなそうに言う。

「とんでもない。親方にかえってお気を使わせて申し訳ありませんでした」

「半吉……」

人形町通りに入り、三蔵の家の前までやって来てから、

「じゃあ、親方。あっしはここで失礼いたします」

「半吉。気を落とすんじゃねえぞ」

「もう、だいじょうぶです。あっしは気持ちの切り換えが早いんです。じゃあ、お休みなさい」

半吉は三蔵と別れ、浜町堀のほうに向かった。

月影はさやかだが、半吉の目には月明かりを浴びた家並みは黄色く濁《にご》っているようにしか見えなかった。

目尻が濡れていた。胸をかきむしりたかった。期待したぶんだけ、悲しみは大きかった。このまま、まっすぐ誰もいない長屋に帰るのは辛《つら》かった。

もう五つ半（午後九時）は過ぎている。『鈴野屋』は看板だろう。だが、もしかしたら、暖簾は下ろしても中にはまだ常連客が残っているかもしれない。

そんな期待を持って元浜町の『鈴野屋』に足を向けた。

だが、『鈴野屋』の戸は閉まり、中は真っ暗だった。さらに突き放されたような孤独の思いが押し寄せてきた。

その場から逃げるように浜町堀に出た。川面が月明かりを受けてきらめいていた。

悲しいまでに美しい風景に思え、半吉は川っぷちに立った。月明かりの中におはなの顔が浮かんだ。どうして、あんなうれしそうに櫛を受け取ったんだ。てっきり、俺に気があると思っちまったじゃねえか。

しばらく見ていたが、叢雲《むらくも》に月が隠れ、辺りは真っ暗になった。心を慰《なぐさ》めてくれる風景まで奪われたような気になった。

やりきれない怒りに襲われて引き揚げようとしたとき、千鳥橋を渡ってくる黒い影があった。男だ。

男が橋を渡り切ったとき、再び月影が射した。男の横顔が見えた。

おやっと半吉は思った。『鈴野屋』で何度か見かけたことのある三十歳前後の目付きの鋭い男だ。

この時間にどこに行くのか。そう思ったとき、すぐ閃《ひらめ》いたのは『鈴野屋』だ。

男が元浜町の町中に入って行くのを確かめてあとをつけた。男は『鈴野屋』の近くで立ち止まり、辺りに目を配った。半吉はとっさに天水桶の陰に身を隠した。

男は路地に入った。用心深く、半吉は路地に近づいた。路地に男の影はない。半吉は路地を入る。

『鈴野屋』の裏口に出た。さっきの男はここから入ったのに違いない。半吉は二階に目をやった。障子に仄《ほの》かな明かりが映し出されている。

あの男はお鈴の間夫なのに違いない。お鈴の秘密を垣間《かいま》見た思いで、半吉は表通りに出た。

千鳥橋を渡って長屋に向かった。そろそろ四つ（午後十時）になろうとしていた。

四

八月十日である。朝陽が大川から引き揚げられた死体を照らしている。

剣一郎が駆けつけたとき、船の船頭たちが死体を陸《おか》に上げたところだった。

両国橋の袂《たもと》に死体が浮かんだという知らせは、ただちに八丁堀の剣一郎の屋敷にもたらされた。吾平の話から、橋番屋の番人や船宿の船頭、佃島《つくだじま》の漁師たちに注意を呼びかけていた。それで、川に漂流していた死体が見つかると、橋番屋の番人が使いを寄越《よこ》したのだ。

死体の引き揚げには時間がかかった。

剣一郎とほぼ同時に京之進もかけつけた。

「水死ではないな。殺されて川に投げ込まれたのだ」

水死体のように体は膨らんでいなかった。

「顔はわかりませんね」

何日間も水に浸かっていたからだろう。死体は魚に食われたあともあり、顔はほとんど原形を留めていなかった。

「口入れ屋の『生駒屋』に知らせを」

「はい」

京之進は手下を福井町一丁目の『生駒屋』に走らせた。

手下が駆けて行ってから、京之進がきいた。

「冬吉でしょうか」

「おそらく、冬吉であろう」

重しをつけられて大川に投げ込まれたのが、重しを結《ゆ》わいてある縄《なわ》が解《ほど》けて今になって死体が浮上したものと思える。

死体を戸板に乗せ、橋番屋に運ぶ。たくさんの野次馬が見ている。剣一郎は橋の上にたむろしている野次馬を眺《なが》めまわす。

この中に、吾平が見たおでこの広い眉毛の薄い男と頬骨の突き出た男がいるかもしれない。だが、朝陽の逆光を受けて識別することは出来ない。

死体が橋番屋の中に運び込まれた。

土間に横たえられた死体を検《あらた》める。天窓からの明かりがびしょ濡れの死体をくっきりと映し出している。

右肩から袈裟《けさ》懸《が》けに斬られていた。その他に、いくつも細かい傷があるのは漂流をしているときに流木などに当たったためかもしれない。

「下手人は侍ですね」

京之進が顔をしかめた。

「そうだ。かなりの腕だ」

剣一郎の脳裏を丸山藩野上家の留守居役飯島彦太郎の顔が掠《かす》めた。だが、このことは、まだ京之進にも話していない。

証拠がないのに迂闊《うかつ》に疑いをかけられないことと、またもし事件に関わっていたとしても、へたに動いて警戒をされても困ると思ったからだ。

しばらくして、『生駒屋』の番頭が駆けつけてきた。剣一郎の顔を見て頭を下げた。

「顔は崩れてわからぬ。体の特徴などから判断してくれ」

「はい」

番頭は頷いてから、おそるおそる土間に置かれた死体に近づいた。

うっと、顔をそむけた。だが、番頭はもう一度、顔を覗き込み、さらに左肩のほうを見た。

やがて、番頭は立ち上がった。

「冬吉に相違ありません」

「間違いないか」

「はい。左肩の彫り物と、左耳のしたの傷が冬吉のものです。そういう目で見れば、顔も冬吉です」

番頭は溜め息交じりに言う。

「冬吉は刀で斬られている。殺《や》ったのは侍だ。冬吉がこんな目に遭う心当たりはないか」

剣一郎はきいた。

「いいえ、ありません」

「二十六夜待ちの夜に斬られた可能性がある。その日、冬吉がどこに行ったのかわからないのだな」

「てっきり、おゆきという女といっしょだと思っていたのですが」

「もう一度きくが、『生駒屋』の居候に、おでこの広い眉毛の薄い男と頬骨の突き出た男はいないのだな」

「おりません」

「間違いないな」

「はい」

番頭は顔をしかめ、

「いちおうこっちで葬式をしなきゃなりませんので」

と言い、番頭はあわてて引き揚げていった。

「念のためだ。吾平を『生駒屋』に連れて行き、居候している連中の顔を見てもらうのだ。おそらく、いないと思うが、はっきりさせておきたい」

「わかりました。やはり、吾平が盗み聞きした件は冬吉の死体のことだったのでしょうか」

京之進が確かめるようにきいた。

「間違いないだろう。この件はおゆきの失踪と関わりがありそうだ」

「おゆきはどうしているのでしょうか」

「わしの考えでは、おゆきはどこぞで監禁されているように思う」

「監禁ですって」

「うむ。おゆきは二十六夜待ちの夜に連れ去られ、そのままどこかに監禁されているのではないか。冬吉はおゆきのあとをつけて、そのことを知ったことで殺されたものと思える」

「どこに監禁されているのでしょうか」

「『松風』の女将もぐるのような気がしてならない。だが、あの女将が簡単に口を割るとは思えない。しばらくは、わしに任せてもらいたい」

「わかりました。では、我らは吾平が見た男を見つけることに全力を注ぎます」

「冬吉の死体が見つかったことで、吾平の身に危険が及ぶ可能性が出てきた。これからは吾平の護衛にいっそう注意を払ってもらいたい」

「はい」

剣一郎はあとを京之進に任せ、橋番屋を出た。

まだ周囲には野次馬が残っていた。その中に、怪しい人影は見当たらなかった。だが、ひとりの男が近づいてきた。

屋敷を飛び出す前に使いをやった文七《ぶんしち》だった。

剣一郎は室町三丁目の料理屋『松風』にやって来た。陽はだいぶ高く上がってきた。そろそろ四つ（午前十時）になるころだ。

『松風』は門は開いていたが、ひっそりとしていた。剣一郎は門を入り、庭掃除をしている『松風』の屋号の入った半纏を着ている年寄りに声をかけた。

「女将に会いたいのだが都合をきいてくれぬか。南町の青柳剣一郎である」

「はい」

箒《ほうき》を持ったまま年寄りは勝手口のほうに向かった。

庭もきれいに手入れが行き届いている。檜をふんだんに使った建物は風格に満ちている。繁昌している料理屋だということが窺える。

玄関が内側から開き、女将が顔を出した。

「朝早くからすまぬな。もう起きていたか」

夜の遅い商売だから、朝も遅いはずだ。

「ええ、とうに起きていますとも」

女将は作り笑いをした。明らかに、剣一郎の来訪を歓迎していないように思えた。

「今朝、冬吉の死体が見つかった」

「えっ？」

女将の顔色が変わった。

「両国橋の近くに浮かんでいた。だいぶ水に浸かっていたようだ。二十六夜待ちの夜に殺され、大川の底に重しをつけて沈められたようだ」

「………」

「そなたは、冬吉とおゆきがいっしょではないかと言っていたな。だが、実際は最初から冬吉は殺されていたのだ」

「いったい、誰が？」

女将は声を絞《しぼ》り出すようにきいた。

「袈裟懸けに斬られていた。下手人は侍だ」

「侍……」

女将は眉根を寄せた。

「こうなると、おゆきの身も心配だ。なんとか早くおゆきを見つけ出さないとたいへんなことになる。おゆきと関わりのある侍を知らないか」

「いえ、知りません」

「そうか。だが、もし、何か気がついたことがあれば教えてもらいたい。よいな」

「はい」

明らかに、女将から動揺が見てとれた。

「邪魔した」

剣一郎は玄関を出た。

門の外で、文七が待っていた。目顔で合図をし、剣一郎は文七の脇をすり抜けた。

文七は剣一郎が手足のごとく使っている男である。もっとも信頼している人間のひとりだ。

女将は必ず、丸山藩野上家の上屋敷に使いを走らせるはずだ。そのことで、女将と飯島彦太郎との関係をあぶり出そうとした。

剣一郎は奉行所に行き、宇野清左衛門と会った。

小部屋で差し向かいになってから、剣一郎は切り出した。

「例のおゆきの失踪の件ですが、おゆきといっしょに行方不明だった冬吉の死体が今朝、大川から引き揚げられました」

「そうか。やはり、殺されていたのか」

「はい。袈裟懸けに斬られておりました」

「なに、下手人は侍か」

「『松風』の女将は冬吉が死んでいたことに驚いていましたが、おゆきのことは知っているると思われます。やはり、おゆきの失踪と冬吉の死に、留守居役の飯島どのが絡んでいるのは間違いないようでございます」

「そうか」

清左衛門は腕組みをし、

「ここは慎重にことに当たらねばならぬ」

「はい。とにかく、まだ証拠はありませぬゆえ、このことはまだ誰にも話してはおりません」

「うむ」

「丸山藩のほうはいかがでしょうか。何か問題が起こっているようなことは？」

「いや。それとなくお奉行に確かめてもらったが、これといって何もないようだ」

「このことを、長谷川どのにお話ししたほうがよろしいでしょうか」

「あとで知ったらへそを曲げるだろうが、いま話したら話したで飯島どののほうに筒抜けになるやも知れぬ。ここは、もうしばらく内密にしておこう」

「わかりました」

「もう少し、丸山藩のほうを調べてみる。何か隠されたものがあるやも知れぬでな」

「はい。お願いいたします」

剣一郎が腰を浮かしかけたとき、清左衛門が思いだしたように口にした。

「そういえば、最近、掏摸の被害が少なくなったそうではないか。厳重な警戒が功《こう》を奏《そう》したようだな」

「少なくなりましたか?」

剣一郎はきき返した。

「意外かな」

「ええ、千手観音一味がそんなに簡単に手を引くとは思えませんので」

厳重な警戒というが、盛り場の人出の中では十分に警戒の目が行き届いているとはいえない。面が割れているならともかく、千手観音一味については顔も名前もまったくわからないのだ。

なぜ、ここで掏摸を控えるようになったのか。目的を果たしたからか。たとえば、目標にしていた金が貯まったとか……。

「被害が減ったことは喜ばしいが、このまま一味が動きをやめてしまうと、捕らえることが難しくなる」

清左衛門は苦しそうに言う。

なにしろ、掏摸取るところを捕らえねばならぬ。千手観音一味を捕まえることは至難の業《わざ》だ。

「宇野さま。掏摸の名人といえば、十年ほど前に月影の駒吉《こまきち》という掏摸がおりましたね」

剣一郎は思いだした。

「ああ、あの男は名人だった」

「ええ、なにしろ掏摸取った財布から金を少し抜き取り、また財布を相手の懐に戻しておくという芸当をやってみせるのですから」

「そうであった。だから、ほとんど被害に遭ったものは気づかなかった。ところが、ある時点からぴたっと仕事をやめてしまった」

「駒吉の流れを汲《く》むものではありますまいか。千手観音一味のやり方にはどこか駒吉を彷彿《ほうふつ》とさせるものがあります」

「うむ、どうであろうか」

清左衛門は小首を傾げた。

「いずれにしろ、一味の動きが止《や》んでいるのは何かの事情があって一時的なものかもしれず、今後も警戒を続けていくべきでしょう」

何らかの事情……。自分の言葉がきっかけで、剣一郎は思いだしたことがあった。

「そういえば、長谷川さまが、ある旗本の奥方が浅草の奥山で財布を盗まれ、その中に大事な文が入っていたと仰ってましたね」

「うむ。かなり怒っていたようだ」

「文の中味はわからないとのことでしたが、かなり大事なことが書かれていたと思われます」

「老中からお奉行に話が行ったのだからな。そのことが何か」

清左衛門は不思議そうにきいた。

「ちょっと気になります」

「気になる？」

「大事な内容を見た千手観音一味はその文をどうするでしょうか。そのまま捨てておくでしょうか」

「まさか」

「ええ。内容によっては、高値がつくかもしれません。掏摸をくり返して稼ぐより、はるかに多額の金が一度で手に入る可能性があります」

「奥方を脅迫するというのか」

「その可能性があり得ます。宇野さま。長谷川さまにお願いして、文を盗まれた旗本の奥方を調べていただけませぬか。何もなければ、それはそれで結構なのですが、千手観音一味の活動が止んでいることが気になります」

清左衛門もようやく剣一郎の考えを理解したようで、

「わかった。長谷川どのに話しておこう」

と、新たな展開に戸惑ったように言う。

「だが、奥方があわてる文というと……。恋文か」

「その可能性もあります」

「他の男からもらった恋文を財布にいれておいた。それを盗まれたとしたら、夫ある身には大変な痛手」

清左衛門は表情を曇らせ、

「しかし、もしそうなら、ほんとうのことを話してくれまい」

「はい。ただ、どなたかがわかれば、その御家の動きを探ることで何か手掛かりをつかめましょう」

「そうだの。では、さっそく、長谷川どのに会ってくる」

清左衛門は立ち上がった。

もうひとつ、厄介な事件が進行しているに違いないと、剣一郎は思った。

五

三日後、半吉はもくもくと仕事をこなし、暮六つを過ぎてから、親方の家を出た。親方やおかみさん、兄弟子たちが気を使ってくれているのはよくわかり、それでかえって半吉の胸は張り裂《さ》けそうだった。

元浜町の『鈴野屋』にやって来た。すでに、いつものように常連客が集まっていた。

空いている場所に座り、半吉は酒を頼む。

徳利と猪口を運んで来たお鈴が、

「半吉さん。元気がないみたいね。何かあったの。さあ、どうぞ」

お酌をしてくれた。

「すまねえ」

猪口を差し出す。

この女将にも間夫がいるのだ。いや、これだけの女だ。いないほうが不思議というものだ。

酒を呑んでいると、

「半吉。どうした？」

と、いきなり声をかけられた。

顔を上げると、吾平が向かいに座っていた。

「吾平さん。だいじょうぶか、出歩いて」

吾平の言葉を証明するように大川に死体が浮かんだ。そうとう長い時間、川の底に沈んでいたということで、死体を運ぶ相談を聞いたという話が事実であることが証明された。それで、ますます命を狙われるだろうと奉行所のほうでも警護を厳重にしているらしい。

「なあに、もう襲われる心配はない。かえって、向こうのほうが死体が上がったんで、のこのこと人前に顔を晒《さら》すことが出来なくなったんだろうぜ」

「そうだろうか」

「そうよ。それよか、おめえ、元気がねえ。さては女に振られたな」

あまりに開けっ広げに言われ、半吉は苦笑するしかなかった。

「半吉さん、そうなの」

通りかかったお鈴が耳にして、半吉にきいた。

「そのとおりです。あっしは女に振られたんだ」

半吉は自棄《やけ》っぱちになって大声で叫ぶように言った。

「おいおい、そんなの自慢する奴があるか」

権助が声をかけた。

「でも、いいじゃねえのか。女に振られたって落ち込むことはねえ。すぐ新しい女が現れる」

吾平が言う。

「そんなにすぐ現れるもんか」

半吉は逆らう。

「いや。明後日の夜だ。月の光を浴びながら現れる」

明後日は八月十五日、中秋の名月である。行者の予言の最後の機会だ。

「吾平さん。そいつはあんたの伜だ。秀次さんだ」

「いや、おめえのいいひとも現れるさ」

戸が開いて、客が入って来た。着物を尻端折りした三十前の男だ。最近、ちょくちょくここに来ている。

「やあ、吾平さん。きょうも会いましたね。女将さん。お酒をお願いします」

丸顔で笑みを浮かべ愛想のいい男だ。

「確か、益次……」

「はい。益次でございます」

酒が運ばれて来て、呑みはじめる。

「吾平さん。明後日、十五夜だ。晴れるといいな」

益次が口にしたので、半吉はおやっと思った。

「ああ、いよいよだ」

吾平もうれしそうに言う。

ふたりはずいぶん打ち解けている様子だ。益次はひとの心を摑むのがうまいのだろう。

また、新たな客が入って来た。半吉は思わず溜め息をついた。三十歳前後の目付きの鋭い男、お鈴の間夫だ。

先夜も店が看板のあと、裏口から『鈴野屋』に入って行った。男はいつものように奥の小上がりに座った。

吾平と益次がいろいろ話しているが、その声は耳に入らなかった。半吉は間夫と思える男のことが気になってならなかった。

お鈴の間夫があの男だということを知っているのは自分だけだ。そのことを皆に言いたい衝動にかられた。

立ち上がり、あの男を指さして、お鈴の間夫だと叫びたかった。権助たちはどんな反応を見せるだろうか。いくら自分たちが相手にされなくても、お鈴には間夫などいて欲しくないと思っているはずだ。

吾平が立ち上がった。

「もう引き揚げるのか」

半吉が驚いてきいた。

「ああ、いまは酒は一本と決めているんだ」

青痣与力の件があって以来、吾平が呑んだくれている姿を見せることはなくなった。満月の夜に秀次が帰ってくる。

再会する倅のために、吾平は自分を律《りつ》しているのかもしれない。

半吉は外まで吾平を見送った。

「吾平さん。明後日の十五夜は俺もいっしょに浜町堀で待っているからな」

「わかってるって」

吾平は片手を上げて去って行く。どこかから護衛の男が現れ、吾平に寄り添った。

それを見届けてから、半吉は店に戻った。

「吾平さん、本気で息子さんが帰ってくると信じているようですね」

益次が声をかけて来た。

「ええ、信じています」

「ほんとうに帰って来てくれるといいんですがねえ」

益次がしみじみとした口調で言う。

「さてと」

益次が腰を浮かせた。

「お先に失礼します。女将さん、ここに置きます」

「はあい、毎度ありがとうございます」

お鈴が銭を受け取り、益次を外まで見送る。

お鈴が戻って来た。奥の男が立ち上がったのが目の端に入った。お鈴とひと言、ふた言交わし、男は戸口に向かった。引き揚げるようだ。とはいっても、また、看板になったら、裏口から入り込むに違いない。

男が戸口で立ち止まった。そして、引き返した。お鈴に言い忘れたことがあるのか。しかし、男は半吉の前で立ち止まった。

「さっきの男。侍だぜ」

「えっ」

半吉は驚いて顔を向けた。

声をかけようとしたが、その前に男は背中を向け、戸口に向かっていた。

十五日になった。晴れていた。

きょうは親方の家では手伝いのひとも集まって来てにぎやかだった。親方のおかみさんが中心になって、朝早くから粉をこねて団子《だんご》を作っていた。

夕暮れて空が暗くなるにつれ、まん丸な月が輝き出した。

三蔵親方の家でも、坪庭に面した濡縁《ぬれえん》に小机を置き、その上に芒《すすき》や御神酒《おみき》、作った団子を十五個並べた。その他にも柿、栗、里芋《さといも》の衣《きぬ》かつぎなどを三方盆に盛り上げて月に供えた。

暮六つになって、仕事を切り上げ、

「さあ、みんな。向こうへ行こう」

と、親方が声をかけた。

半吉は吾平のところに行きたいので、親方に四半刻（三十分）ほどでお暇《いとま》させていただきますと告げてあった。

酒を振る舞われ、団子を土産《みやげ》にもらって、月見の宴もたけなわのときに、半吉は静かに親方の家を辞去した。

吾平の住む高砂町の長屋に急ぐ。満月が皓々《こうこう》と照っていて、通りも明るかった。気のせいか、いつもの年以上に月が大きいような気がした。

各家々では、月の出ている方向の窓を開け、月見の宴をしている。にぎやかな子どもの声が聞こえてくる。

夜気がひんやりと頬に気持ちよく、なんだかほんとうに吾平の息子が帰ってくるような奇跡が起きる気がしていた。

吾平の長屋を訪れると、部屋は真っ暗だった。もらってきた団子を吾平にあげるつもりで部屋に置き、半吉は長屋を出た。

今夜は『鈴野屋』には行っていないだろうと思い、まっすぐ浜町堀に向かった。

浜町堀に出た。月影さやかで、堀の水面も輝いている。月に誘われて来たのか、かなりのひとが出ている。

吾平がどこにいるかわからない。ひとの顔を確かめながら、半吉は走り回った。しかし、見つけ出せない。

浜町河岸まで行く。堀の両側は武家屋敷が並んでいて、辻番所の辻行灯の明かりが月の光に負けたように遠慮がちに灯っていた。

半吉は引き返した。もう一度、ひとの顔を見ながら元浜町の汐見橋《しおみばし》までやって来た。見逃したのか見つからなかった。

元浜町までやって来たついでに、『鈴野屋』に向かった。

戸口に立つとざわめきが聞こえてきた。暖簾をくぐり、戸を開けると、にぎやかな声がいっきに襲ってきた。

店内を見回す。吾平の顔がない。小上がりの奥にお鈴の間夫らしき男が座っていた。

「半吉さん。いらっしゃい」

お鈴が笑顔で迎える。

「吾平さん、来ていませんか」

「きょうは来ていないわ」

「そうですか」

「あら、寄っていかないの？」

「すみません。吾平さんを探しているんです」

半吉は店を飛び出し、再び浜町堀を目指した。

ひょっとして、吾平は秀次と出会ったのだろうか。まさか、そんな奇跡が起こるとは信じられないと思いながら、半吉は浜町堀にやって来た。

さっきより、ひと影が減っていた。まだ月は明るく輝いているが、月見の客もそろそろ引き揚げて行くようだ。

半吉はさっきと同じように大川のほうに向かった。だいぶひとが少なくなったので、今度はじっくり通りすぎながら佇《たたず》んでいる男の顔を見て行く。

何人かの男の背後を行きすぎたとき、

「半吉。ここだ」

と、声をかけられた。

吾平の声に振り返った。川っぷちから立ち上がった男が吾平だった。あんなところでしゃがんでいたのだ。どうりで気づかないはずだと思った。少し離れたところにいるのはこのところ護衛についている奉行所の小者だ。

吾平のそばに行き、半吉は声をかけた。

「どうして、こんなところに?」

ここでは、せっかく秀次が現れても気づかずに行きすぎてしまう。

「怖くなってな」

「怖い？」

「いざ、秀次に会うと思ったら急に怖くなったんだ」

「気持ちはわかるけど、会えなかったら元も子もないぜ。さあ、ともかく、もう少し向こうで待とうじゃねえか」

「ああ」

あんなに待ち望んでいたのに、吾平は怖《お》じ気《け》づいている。

しかし、昔別れたきりの伜がどうしてここにやって来るのだろうか。行者が満月の夜に帰って来ると言ったというが、場所までは言っていないのだ。浜町堀に現れるとは限らない。

だが、そのようなことを吾平に言うつもりはなかった。

だいぶひともいなくなった。堀沿いにぽつんぽつんとひと影があるだけだ。

風が出てきていた。さっきより叢雲がだいぶ月に近づいていた。胸がざわついた。やはり、奇跡は起きないのだ。

このことははじめからわかっていた。半吉がここに来たのは吾平を慰めるためだった。だが、どんな慰めが効き目があるのかわからない。

きっと、秀次さんはここまで来たんだ。吾平さんに気づいたかもしれない。だけど、秀次さんも自分の父親に会う勇気がなかったんだ。そうだ。また、出直すつもりだと思う。そんなことを素直に聞くだろうか。

ふと辺りが翳《かげ》った。叢雲がゆっくり月を隠しにかかった。だんだん、月が小さくなって、やがて呑み込まれた。

辺りは真っ暗になった。そのとき、吾平が叫んだ。

「来た」

「えっ？」

耳を疑い、目を凝《こ》らした。

確かに向こうのほうから黒い影が近づいてくる。顔はわからない。

「秀次だ」

吾平は歩きだした。

「吾平さん」

半吉は吾平を追う。

黒い影が近づいて来た。饅頭笠《まんじゆうがさ》をかぶった侍だ。秀次だろうか。そんなことがあろうか。半吉が目を凝らしたとき、饅頭笠の侍がいきなり突進してきた。

雲が切れ、月影が射した。白刃が光った。

「吾平さん。あぶない」

半吉は怒鳴った。護衛の男も走った。

吾平が立ちすくんでいる。饅頭笠の侍が迫った。

そのとき、黒い影が横合いから飛び出して来て、やめろと叫びながら饅頭笠の侍に飛びかかった。饅頭笠の侍はとっさに走りながら体を躱《かわ》した。その隙《すき》に、護衛の男が吾平の体を抱きしめるようにして倒れ込んだ。

なおも獲物を襲おうとしたが、飛び出して来た男が饅頭笠の侍の前に立ちふさがった。再び、顔を出した月が侍の姿を映し出した。饅頭笠の下の顔は覆面をしている。

「益次か」

男が怒鳴った。

はっとしたように刀を引き、饅頭笠の侍はいきなり踵《きびす》を返した。

半吉は飛び出してきた男に気づいた。女将の間夫だった。

第三章　賄賂《わいろ》

一

翌朝、剣一郎の屋敷に、京之進がやって来て、昨夜、吾平が襲われたことを話した。

護衛についていた小者の話では、五つ（午後九時）をまわったころ、月が雲間に隠れた隙を狙ったように黒覆面に饅頭笠をかぶった侍が刀を抜いて吾平に襲いかかった。そこに、助けに入った男がいた。居酒屋『鈴野屋』の客だと、居合わせた半吉が言っていた。

「その男が助けてくれたのか」

剣一郎は確かめた。

「はい。男はその夜、『鈴野屋』に来ていたそうです」

「どういうわけで、その男が助けに入ったのだ？」

「『鈴野屋』から引き揚げる途中、偶然に現場に差しかかったということでした」

「そうか。ともかく、その男には礼を言わねばならぬな」

「はい。私もあとで会いに行こうと思っています」

「で、襲った侍について何かわかったことは？」

「いえ、覆面をしていたので顔はわかりません。中肉中背《ちゅうにくちゅうぜい》だったようです」

「おそらく、例のふたり組の仲間に代わって襲ったのであろう」

飯島彦太郎の手の者かもしれない。

「吾平は何ごともなかったのだな」

「はい。無事です。ただ」

「ただ？」

「はい。小者の話では、もう護衛はいいと言い出したそうです」

「護衛はいい？」

「身を守ってくれるのはありがたいけれど、ずっとつきまとわれているようで疲れたと。だから、護衛はなしにしてくれと訴えたそうです」

「襲われたことの衝撃が大きかったのか」

「それもあるようですが、それ以上に別れた息子が帰ってこなかったことが気落ちをさせているようだと言っていました」

「別れた息子は嘘ではなかったのか？」

「それが、全部が全部、嘘ではなかったようです。なんでも、親方について大坂に行ったとき、向こうで女が出来てしまったそうです。仕事が終わっても、江戸に帰らず大坂に残り、女と暮らした。でも、七年後に女が若い男と逃げ、それで江戸に戻ったとき、かみさんと子どもはどこかに行ったあとで、その後、探し回ったが見つからなかったそうです。それから、十年ほどになるようです。二年前の春、行き倒れ寸前の行者を助けたとき、三年以内の満月の夜に息子は帰ってくると予言したそうです。それを信じて……」

「そうか。吾平には本当に息子がいたのか」

剣一郎はしんみりいう。

「ともかく、わしもあとで吾平のところに行ってみる」

「はい。それから、二十六夜待ちの夜の冬吉の行動を調べてみました。湯島天神の境内で冬吉らしい男が目撃されていました。ひとりです。やはり、おゆきのあとをつけて行ったのではないでしょうか」

「で、おゆきの痕跡《こんせき》は？」

「あの辺りの料理屋を探してみましたが、現れていないようです」

「高台のどこかで月待ちをしているのだ。すると、料理屋以外の家か」

「はい。ただ、あの辺りの家では親戚や知り合いを招いているのでかなりたくさんのひとが出入りをしていました。でも、月の出の前の宵闇《よいやみ》で、辺りは暗く、誰もはっきりと顔を覚えているものはおりません」

「じつは、おゆきの失踪に、丸山藩野上家の留守居役飯島彦太郎が関わっている可能性がある」

剣一郎は経緯を話してから、

「二十六夜待ちでおゆきは飯島彦太郎といっしょだったのではないか。証拠はない。だから、うかつには動けない。飯島彦太郎にこちらの動きを悟《さと》られてはならないので十分に注意をして欲しい」

「わかりました。飯島彦太郎どのの目撃者を探してみます」

京之進は低頭して言った。

京之進が帰ったあと、剣一郎は濡縁に戻った。

庭先に文七が待っていた。

文七は重要な用件の場合でも決して座敷に上がろうとせず、いつも庭先ですます。それは雨の日でも、小雪の舞う厳寒の夜でも同じだった。

「すまなかった」

中断して、京之進の報告を受けてきたのだ。

「ゆうべ、吾平が襲われたそうだ」

剣一郎は今聞いた話を、文七にした。

「中肉中背の侍ですか」

文七は小首を傾げた。

「知っているか」

「飯島彦太郎にいつもくっついている侍も中肉中背です。それだけでは、同じ人間だとは言えないでしょうが」

「だが、この事件の裏には飯島彦太郎が見え隠れする」

冬吉の死体が上がった直後、剣一郎は室町三丁目の浮世小路にある『松風』の女将に、揺さぶりをかけた。

文七に見張らせたところ、案《あん》の定《じょう》、『松風』の若い衆が丸山藩野上家の上屋敷まで使いに走った。

その夜、『松風』に飯島彦太郎がやって来た。以来、文七は彦太郎をつけまわしているが、いまだにおゆきとのつながりが見つけ出せずにいる。

「なぜ、彦太郎はおゆきのところに行かないのだ」

剣一郎は疑問を口にした。彦太郎が、女将を言い含め、二十六夜待ちにかこつけておゆきを誘い出し、そのままどこかに監禁したと睨《にら》んでいる。ならば、彦太郎はおゆきに何度会いに行ってもいいはずだ」

「青柳さま。おゆきは生きているのでしょうか」

文七が暗い口調になった。

「彦太郎が会いに行かないのは、すでにこの世の人間ではなくなっているからだということも考えられます」

「………」

剣一郎は返答に窮《きゅう》した。確かに、その可能性はあるのだ。女将の様子からして、元気でいることを確信したのだが、女将自身、生きていると信じ込まされているということもあり得る。そうなると、おゆきが生きているという根拠がなくなるのだ。

だが、それでも剣一郎はおゆきが生きている可能性を考えたかった。

「もうひとつ考えられるのは、おゆきを監禁しているのは別の人間ということだ。彦太郎はそのことに手を貸しただけなのかもしれない」

「別の人間と言いますと？」

「考えられるのは、彦太郎はおゆきを人身御供《ひとみごくう》として差し出したということだ。おゆきは、いまはその者の手にある」

剣一郎は暗い気持ちになった。

失踪から二十日《はつか》。その間、彦太郎がおゆきのもとを訪ねないのは、おゆきがすでに死んでいるか、第三者の手に渡ったか、いずれかだ。

剣一郎は後者だと思った。後者だとすると、おゆきの運命はその者の一存にある。

「留守居役という彦太郎の役目を考えた場合、自分の藩に有利にするために誰かを接待づけにした可能性がある。その賄賂《わいろ》の目玉がおゆきだとしたら……」

「接待を受けた者がおゆきを監禁していると？」

文七が啞然としてきいた。

「そうだ」

もし、おゆきがその者の言うことをきけば、身の自由は保障されるはず。そうしたら、おしゅんに自分が無事でいることを知らせるはずだ。

それが出来ない状態にあるというのは、おゆきはその者の意にまだ逆らっているからだ。だが、それがいつまで続くか。

拒《こば》み続けられた者はいつか憎《にく》さが勝り、おゆきを殺そうとするかもしれない。いや、従わないのなら、始末するしかないはずだ。そのまま解き放てば、己《おのれ》の所業が明らかになってしまう。

「飯島彦太郎は、その者を『松風』に招いて何度か接待したに違いない。そのときついた女中のおゆきが気に入り、彦太郎におゆきを所望した」

汚《けが》らわしいものを吐き捨てるように、剣一郎は言う。

「飯島彦太郎はその者の歓心を買うために、おゆきを差し出すことにしたのだ」

剣一郎はこの考えが大きく間違えていないような気がした。

「文七。『松風』におけいという女中がいる。通いかどうか。通いならどこに住んでいるか調べてもらいたい。『松風』では女将の目があって何も話せないようだ」

「わかりました。そのおけいという女中なら、彦太郎が接待した相手の名前を知っていましょう」

「いや。身分を隠している可能性は高い。賄賂の受け渡しだ。極力気をつけているやもしれぬ。だが、おけいは相手の顔を覚えていよう。そのことだけでも、参考になる。文七」

剣一郎は口調を変えた。

「おけいのことを調べるだけでなく、彦太郎の様子を調べる意味でも、『松風』に客として上がるのだ」

「客としてですか」

「そうだ。金持ちの道楽者になりすまし、女将をはじめ、店のものを信用させるのだ」

「しかし、私には……」

「心配いたすな」

剣一郎は手を叩いた。

妻女の多恵《たえ》が濡縁までやって来た。

「文七さん、いつもごくろうさまです」

多恵が声をかける。

「はっ」

文七は畏まった。

文七はもともとは多恵の実家のほうに関わりのある人間だった。多恵の頼みで、文七は剣一郎の手足となってくれる。多恵は文七との関係を言おうとしないが、多恵の父親が外の女に産ませた子ではないかと思っている。

「では、これを」

剣一郎は多恵から懐紙に包んだものを受け取り、改めて文七に差し出した。

「文七。これで、見栄《みば》えのいい着物を揃え、『松風』に上がれ。馴染みになるまではならぬ。よいか、最初の数回は探索を忘れ、本気で遊ぶのだ。信用を得るためだ。焦ってはならぬ。よいな」

「は、はい」

文七は緊張して手を差し出した。

懐紙を握った瞬間、文七は目を見開き、剣一郎と多恵の顔を交互に見た。

「こんなに」

十両を包んだ。

「活動資金だ。足りなかったら言うのだ」

「でも、こんなには」

「よいか、彦太郎が『松風』で誰と会っているのか。それをきき出すためにも、女将に信頼されることが第一だ。そのためには、ばかになれ。そなたは道楽者に徹するのだ」

「文七さん、頼みましたよ」

多恵も言葉をかける。

「へい」

文七は恐縮しながら引き揚げた。

「すみません。お気を使わせて」

「なに、仕事だ」

「それだけではありますまい」

多恵はお見通しだった。

「うむ。少しは遊んでもらったほうがいい。たまにはいい思いをさせてあげたいからな」

剣一郎は本音《ほんね》を言った。生真面目《きまじめ》に探索だけに明け暮れる文七に、息抜きをさせてやりたいという気持ちがあった。

「しかし、探索のためであることに変わりはない。言わば、一石二鳥《いっせきにちょう》だ」

「はい。私からもお礼を申し上げます」

多恵は文七のために頭を下げた。

「父上、母上」

背後で、娘のるいが呼んだ。

美しく成長したるいをまぶしく見て、

「おや、出かけるのか」

と、剣一郎はきいた。

「はい。きょうは『萩《はぎ》の会《かい》』がございます」

「『萩の会』？」

「お琴《こと》の師匠《ししょう》を囲んで萩を愛《め》でるのです」

「どこまで？」

「本所《ほんじょ》の法恩寺《ほうおんじ》でございます」

「志乃《しの》は？」

倅剣之助《けんのすけ》の嫁だ。

「はい、いっしょに」

そのやりとりが聞こえたように、志乃がやって来た。志乃は若妻らしい初々《ういうい》しさの中にますます艶《つや》のようなものが出てきた。

「父上、母上。きょうは外出させていただきます」

志乃がるいの横に座っていう。ふたりはまことの姉妹のようだった。

「うむ。楽しんでくるがよい」

「気をつけなされて」

多恵も言う。

ふたりが立ち去ったあと、剣一郎は多恵を見た。

「久しくいっしょに外に出ておらぬな」

改めて、剣一郎はそのことに思い至った。

「さようでございますね」

「そのうち、なんとか都合をつけよう」

「無理なさらないでください。あなたさまには江戸のひとびとを守るという大切なお役目があるのですから。私もそのお手伝いをしていると思うと、それだけで十分でございます」

多恵は不平らしいことは何も言わなかった。

「すまぬ」

「まあ、何を謝りまするか」

多恵は微笑《ほほえ》む。

「そういえば、剣之助はもう出かけたのだったな」

剣一郎は思いだして言う。

「はい。何か調べ物があるとかで早めに」

剣之助は吟味与力の見習いとして、吟味方の橋尾左門《はしおさもん》の下で働いている。左門は剣一郎の竹馬《ちくば》の友だが、左門が剣之助を高く買っているのは、そういう関係からではなかった。内与力の長谷川四郎兵衛も剣一郎には敵意を剝き出しにすることがあるが、剣之助のことはとても評価している。

想像以上に成長している剣之助のことを考えると、思わず顔が綻ぶ。

「剣之助に甘くなってはいけませんよ」

多恵がいきなり言った。

「いや、別に」

多恵は勘が鋭い。剣之助のことを思ってにやついていたことをお見通しだった。

「さあ、そろそろ出かけるとするか」

剣一郎はあわてて立ち上がった。

剣一郎は深編笠《ふかあみがさ》をかぶり、屋敷を出た。

高砂町の吾平の住まいに向かった。長屋木戸を入ったところで、京之進の手下が立っていた。

「青柳さま」

「ごくろう。吾平はどうしている？」

「ちょっと塞《ふさ》ぎ込んでいます。もう、護衛はいいと言っているんですが、そうもいきませんので」

「そうだ。引き続き頼む」

「はい」

護衛の手下をその場に残し、剣一郎は吾平の住まいに向かった。

腰高障子を開け、

「吾平。邪魔をする」

と声をかけ、土間に入った。

「あっ、青柳さま」

吾平はのこのこ這《は》うように上がり框まで出て来た。壁に寄り掛かり、膝を抱いていたようだ。

「きのう、危ない目に遭ったそうだな」

「へい。お侍に助けていただきました」

『鈴野屋』の客だったそうだな」

「ええ、あっしは分からなかったんですが、半吉がそう言ってました」

「どうした、吾平。元気がないな」

剣一郎は心配してきく。

「へえ」

力なく答えてから、吾平は言った。

「青柳さま。もう、護衛をつけてびくびく暮らしていくのも疲れました。これからは自分の身は自分で守りますから、私を自由にしてくださいませんか」

「吾平」

剣一郎は強い口調になった。

「息子が帰って来ることになっていたそうだな」

「…………」

「そのことで自棄《やけ》になっているのではないのか」

「いえ、そういうわけじゃ……。息子が帰ってくるというのは行者の予言なんです。ほんとうは、まともに聞いてはいなかったんですが、満月になるとひょっとしたらという気持ちになって」

吾平は自嘲ぎみに口元を歪め、

「そんなうまいことがあるわけはないとわかっていながら期待してしまうんですから、人間ってのは愚《おろ》かなものですねえ。でも、それがあるから、ずっと頑張ってこれたんです。でも、きのうではっきり現実を突き付けられました」

「息子の名は？」

「秀次です。二十三になるはずです。三歳のときに別れたきりだから、おとなになった顔なんかもわからねえ。秀次だって、俺の顔なんか覚えているはずはねえ。それでも、血がつながっているから会えばわかると勝手に思っていたんです」

「探したのか」

「ええ、探しました。あっしが大坂に行っている間に、芝の露月町に引っ越したことまではわかったんですが、それからが不明です。秀次って男を知らないかって、盛り場を歩き回ったこともあります。ですが、秀次って名前を名乗っているのかどうかもわからねえ」

「いや、親がつけてくれた名だ。きっと大切に守っているはずだ」

「そうでしょうか」

「うむ。諦めるのは早い」

「へえ」

「名前以外に特徴は？」

「左の二の腕に黒子《ほくろ》がふたつ並んでました。それだけです、覚えているのは。なにしろ、三歳のときですから、別れたのは」

「母親の名は？」

「おはるです」

「私も心がけておこう」

「へえ」

力のない声で、吾平は答える。

「吾平。その行者の予言というのはどういうものだったのだ」

「へえ。二年前の春です。ここ三年以内の名月の光の中から息子は帰って来ると言いました」

「名月の光の中か」

「へい」

「その行者と知り合ったきっかけは？」

「二年前、稲荷町で行き倒れ寸前だったのを助けてやったんです。道端でうずくまっていたので、すぐに医者に担ぎ込んでやりました。あと少し遅かったら手遅れだったと言われた。一カ月後、元気になった行者があっしを訪ねてきましてね。何か礼がしたいと言うから、何もいらない。俺には欲しいものはない、ただ、伜に会いたいだけでと話したんです。そしたら、その行者が祈禱のようなことをしてくれました」

「それで、名月の光の中から帰って来ると言ったのか」

「はい。あっしのために気休めを言ったんでしょう。そうだとわかっていながら、信じようとしたんです」

「吾平。まだ、予言は終わっていない」

「えっ？」

「名月はもう一度ある。十三夜だ」

「十三夜？」

九月十三日の夜の月を「後《のち》の月《つき》」あるいは「十三夜」という。お供えも、十五夜と同じものだが、団子の数は十三個。また、十五夜では団子を餡《あん》で食べるが、十三夜はきな粉《こ》で食べる。

十五夜を祝いながら、十三夜をやらなければ、「片月見《かたつきみ》」といって忌《い》み嫌うのである。

「諦めるなら、十三夜を待ってからにするのだ」

「青柳さま。伜は現れるのでしょうか」

「現れる。伜と会える可能性は十分にある。だから、命を粗末にしてはだめだ。これからも、いやこれまで以上に護衛を強める。そなたも、そのつもりでいるのだ」

「はい」

吾平の目に生気が蘇ってきた。

「青柳さま。ありがとうございます。この通りでございます」

吾平は頭を何度も下げた。

剣一郎とて行者の予言を信じたわけではない。ただ、このままでは、吾平は生きる気力を失ってしまうのではないかと危惧《きぐ》したのだ。

それに、その間に、秀次の行方を探してみようと思ったのだ。

二

吾平の長屋をあとにしてから、剣一郎は人形町にある曲物師の三蔵の家を訪ねた。

間口の広い土間を入ると、板敷きの間に職人が働いていた。ある者は檜を薄板に削っており、ある者は太い丸太を転がし、ある者は山桜の皮で筒を綴じていた。

「青柳さま」

奥にいた職人が顔を向けた。半吉だった。

「これは青柳さま」

親方らしき年配の男が居住まいを正した。

「三蔵親方か。作業の邪魔をしてすまない。少し、半吉から話を聞きたいのだが」

「へえ、構いません。半吉」

三蔵は半吉を促した。

半吉が立ち上がって土間のほうにやって来た。

「外に行きましょうか」

「そなたが構わなければ、ここでいいが」

「へい。あっしは構いません」

「うむ。吾平が襲われた件だ。助けてくれたのは『鈴野屋』の客だったそうだな」

「はい。何度か見かけました。名前は知りません」

「いくつぐらいの男だ？」

「三十前後で、目付きの鋭い男です」

「そうか」

「青柳さま。何かその男が？」

「いや、なんでもないんだが、どういう男かと思ってな。護衛をしていた奉行所の小者が言うには、賊はかなりの腕前に思えたと言っていた。その男を追い払ったのだ。ずいぶん胆の据《す》わった男だ」

「あっ、思いだしました」

半吉が興奮した声を出した。

「そうです。確か、あんとき、そのひとが、覆面の侍に向かって、益次かって言ってたんです。そしたら、侍はいきなり逃げ出したんでした」

「益次？　その男は賊のことを知っていたのか」

「そうか。なんで、それに気づかなかったんだ」

半吉はひとりで喚《わめ》き、両手で自分の頭を何度か叩いた末に、泡を吹くような勢いで喋りだした。

「青柳さま、お聞きください。何日か前から、『鈴野屋』に商人ふうの男が客でやって来るようになったんです。年の頃は三十前、丸顔の柔和《にゅうわ》な顔をした男でした。いつしか吾平さんとも親しくなり、満月の夜のことも聞き出していました。吾平さんは益次と呼んでいました。益次は十三日の夜も来ていました。吾平さんとも、満月の夜のことを話していたんです。そして、吾平さんが早々に引き揚げると、すぐに益次も引き揚げました」

昏が乾いたのか舌なめずりをして、半吉は続けた。

「その夜、助けてくれたひとも来ていました。その人が益次が帰ったあと、あっしのとこに来て、あの男は侍だと言ったんです」

「なに、侍だと？」

商人の顔をして吾平に近づいた益次を、その男は侍だと見抜いたというのか。ますます、剣一郎はその男に興味を持った。

「あいつは、最初から吾平さんを狙う目的で近づいたんだ」

半吉は声を昂《たかぶ》らせた。

親方や他の職人が驚いたように顔を半吉に向けた。

「そうか。わかった。今夜にでも『鈴野屋』に行き、その男のことを聞いてみよう」

「へえ。あっしも『鈴野屋』に行きますんで」

「うむ。それから、吾平のことだが、息子が現れなかったことでかなり落ち込んでいた。そこで、名月はもう一度あると言っておいた。十三夜だ」

「十三夜ですか」

「それまでひと月近くある。私も秀次という息子を探してみるつもりだ。そなたも、吾平を十三夜のことで元気づけるとよい」

「へい、ありがとうございます」

「三蔵親方。邪魔をした」

三蔵にも声をかけ、剣一郎は外に出た。

さわやかな風が吹いた。空は高く澄んでいる。どこかに軟禁されているかもしれないおゆきは、この風を感じることも、秋の空を見ることも叶わないのではないか。早く救出してやりたいと、剣一郎は焦燥《しょうそう》に駆られた。


人形町通りから、剣一郎は小舟町一丁目の太郎兵衛店に向かった。

長屋木戸を入ると、おしゅんが不自由な足で井戸から水を運んでいた。

「あっ、青柳さま」

心なしか、おしゅんの表情が明るく見えた。

「おしゅん、何かあったのか」

おしゅんは水を汲んだ桶を下ろし、

「姉さんから文がきたんです」

「なに、おゆきから文？」

「はい」

おしゅんは胸元から文を取り出した。

剣一郎は受け取り、開いた。


……おしゅん、心配かけてごめんなさいね。私は元気です。いま、仕事で遠くに来ています。帰ったら、詳しいことを話します。それまで、待っててください。お金は私の稼いだものです。使ってください。


「おゆきの文字に間違いないのか」

「はい。姉さんの字です」

「金も入っていたのか」

「はい。十両……」

「なに、十両……」

剣一郎はもう一度、文に目を落とした。

引っかかる。なぜ、いまごろ、おゆきは文を出したのか。いや、おゆきを監禁している者はおゆきが文を出すことを許したのか。

逆に、剣一郎は暗い気持ちになった。

「青柳さま。何か」

おしゅんが不安そうになった。

「この文面から特に何も変わったことは感じられないか」

「変わったことですか。いえ、特には……」

おしゅんは小首を傾げた。

「おゆきは常にそなたのことを気にかけていたそうだな」

「はい」

「いや、それならそれでいい」

おゆきはおしゅんと会えなくなって二十日経つ。おゆきにしてみれば、まず、まっさきにおしゅんのことを気にするのではないか。この文はあまりにも淡白過ぎるような気もするのだ。

つまり、自発的に書いたものではなく、書かされたのではないか。

問題は、なぜ今になって、このような文が届いたかだ。そこに、剣一郎は不安を持った。

「ともかく、おゆきが無事でよかった」

「はい」

おしゅんはうれしそうに目を輝かせた。

「では、また様子を見に来る」

「はい」

帰りがけ、剣一郎は木戸の脇にある大家の家に寄った。

「これは青柳さま」

大家はにこやかに出て来て、

「おゆきから文が届いたんです。無事だったので、安心しました」

「いま、おしゅんに会って、文を見せてもらった」

「さようでございますか。ほんとうに安心しました」

「あの文を読んで、何も違和感はなかったか」

「違和感ですか」

大家はきき返した。

「いや、何も感じなければ、それはそれでいい」

「青柳さま。じつは、ちょっと不満に思ったことがございます」

「うむ？」

「おゆきは自分がいなければ、おしゅんは生きていけないかもしれないと思い込んでいるような娘でした。そのおゆきが長い間、おしゅんと会えないでいるにしては、ずいぶん素気ない文面だと思いました。もっと、おしゅんのことをいたわるような言葉があってもいいのにと不満でした」

「そなたも、そう思うか」

「はい。青柳さまもですか」

「そうだ。私も同じようなことを感じた。おしゅんには言えなかったが、あの文は何者かに書かされた可能性がある」

「書かされた？」

「そうだ。なぜ、書かされたのか、それも、もっと以前に書いたものかもしれぬ」

「以前ですって？」

「そうだ。書かされたにしろ、二十日も音信不通だった者が書いた文面とは思えぬ。なぜ、いまごろ、このような文をおしゅんに送ったのか」

「…………」

「それと気になるのは十両だ」

「はい。私も驚きました。青柳さま。まさか、逆におゆきの身に何かあったと……」

「いや。まだ、なんとも言えぬ。私の考えすぎかもしれぬ。今後、何か動きがあったらすぐ知らせてもらいたい」

「はい。畏まりました」

大家は深刻そうな表情で答えた。

剣一郎は奉行所に出て、宇野清左衛門のもとを訪れた。

「おお、青柳どの。待っておった」

清左衛門は筆を置いて振り向いた。

「もそっと近くに」

「はっ」

剣一郎は膝を進めた。

「何か」

「来年、日光東照宮《にっこうとうしょうぐう》の営繕《えいぜん》工事、併《あわ》せて杉並木の保全工事を執《と》り行うことになったそうだ。その工事を請け負う大名の人選がいま行われているそうだ」

「ひょっとして、丸山藩野上家も、その請け負う候補に？」

「丸山藩は、ここ数年、ご公儀の役務から免れておる。当然、候補の一つになっているそうだ」

「留守居役の飯島彦太郎どのは事前にその情報を耳に入れ、すばやく動きだしたのかもしれません」

「うむ。当然、どの藩の留守居役も工事の割り当てを避《さ》けようと画策するであろう」

工事を任された藩は莫大《ばくだい》な金と人員を奪われることになる。うまく、断るために、いろいろなところに手を打っているはずだ。

「老中にも付け届けは行っていよう」

清左衛門は憤然《ふんぜん》と言う。

「どうやら、そのあたりに今回の事件の根っこがありそうな気がします」

「そうだとすると、奉行所の手に負えぬことになる。大名は支配違いだ」

「しかし、我らは冬吉殺しとおゆきの失踪の探索をしておりますれば……」

「うむ。何かあればわしが責任を持つ。思う存分やられよ」

「はい、ありがとうございます」

剣一郎はいつもながらの清左衛門の心意気に深々と頭を下げてから、

「じつは、おゆきからおしゅんのところに文が届きました」

「なに、おゆきから文が？」

「はい」

剣一郎は文の内容を話してから、

「ただ、私はかえって心配しております。なぜ、いまごろ、あのような文が届いたのか。吾平殺しの失敗が何か影響しているのではないかと……」

と、不安を口にした。

「おゆきの身に何かあったと？」

「私の杞憂《きゆう》であればいいのですが」

「うむ。いずれにしても、いまはいかんともしがたい」

清左衛門も暗い顔をした。

剣一郎は気を取り直して、

「いま、新兵衛《しんべえ》は何か動いておりましょうか」

隠密《おんみつ》廻り同心の作田《さくた》新兵衛のことだ。

「いや。今は動いていない。新兵衛が必要なら使うとよい」

「人探しを頼みたいのです」

「人探し？」

清左衛門は不審そうな顔をした。

「じつは吾平の息子です」

剣一郎は吾平が妻子と別れた経緯を話した。

「自分の身勝手さゆえのことながら、吾平は息子に会いたがっています。なんとか、十三夜までに探し出せないものかと」

いくら新兵衛でも難しいかもしれない。だが、何か手掛かりでも摑めたらという期待があった。

「そうか。よいだろう。新兵衛にはわしから青柳どのの指示を仰ぐように言っておく。今宵にでも屋敷に行かせる」

「おそれいります」

剣一郎は年番方与力の部屋を出たところで、橋尾左門とばったりと出くわした。

無二の親友であり、気が置けない仲であるが、どういうわけか、奉行所内では左門はまったくよそよそしい。

「これは青柳どの。ご精勤のほど、ごくろうでござる。では失礼」

「いや、恐れ入ります」

左門なりのけじめなのだろうが、剣一郎はいつも対応に苦慮する。

もっとも、剣一郎とて伜剣之助に対して奉行所内ではよそよそしい。

「青柳どの」

いったん行きすぎてから、左門が声をかけた。ふたりの脇を、若い与力が通りすぎて行く。

「あっ、いや。なんでもない。失礼した」

左門はそのまま去って行った。

何か言いたかったようだ。左門らしくないと思いながら、剣一郎は与力部屋に戻った。

その日、辺りが暗くなって来た頃。剣一郎は元浜町の『鈴野屋』の暖簾をくぐった。

「青柳さま。いらっしゃいませ」

お鈴が出て来た。

「ちょっと尋ねたいことがあってやって来た」

「はい」

まだ客は入っていない。

「じつは、きのう吾平が何者かに襲われた。助けてくれたのが、この店の客だった。三十前後の男だ」

「三之助《さんのすけ》さんかもしれません」

「三之助というのか。仕事は？」

「飾り職人のようなことを仰っていました」

「飾り職人？」

侍に斬りつけられた吾平を助けに入ったことからも相当な胆力の持主であることが窺える。飾り職人とは思えない。本性を隠しているのであろう。

「住まいはわかるのか。いや、奉行所としてもひと言、礼を言っておきたいのでな」

「さようでございますか。申し訳ありません。知らないのです」

お鈴は溜め息混じりに言った。

「そうか。では、また来たら、住まいを聞いておいてもらいたい」

「わかりました」

「邪魔をした」

剣一郎は『鈴野屋』を出た。

すっかり暗くなり、暮六つの鐘が鳴っていた。

人形町通りに差しかかったとき、前方から歩いて来る半吉を見かけた。半吉も気がついて駆け寄って来た。

「青柳さま。朝方はどうも」

半吉は続けた。

「これから『鈴野屋』に行くつもりです。吾平さんにはあっしからも十三夜の話をして励まします」

「それがいい。じつは、いま『鈴野屋』の帰りだ。女将から助けてくれた男の名前を聞いて来たところだ。三之助というそうだ」

「三之助さんですか」

「飾り職人だということだが?」

「いえ、職人じゃありませんぜ。堅気《かたぎ》とは思えません。でも、そんな悪い人間じゃありません」

「うむ。義侠心《ぎきょうしん》に満ちた男だろうからな」

「へえ、そうです」

「住まいがわからぬので、またお店に来たときに女将に住まいを聞いておいてもらうことにした」

「住まいがわからねえって、女将が言っていたんですかえ」

半吉が不思議そうな顔をした。

「どうした？　何か」

「へえ、じつは……」

半吉は言いよどんでいる。

「どうした？」

「へえ。なんだか告げ口するようでいやなのですが……」

半吉は前置きしてから、

「女将の間夫じゃねえかと思っているんです」

「なに、間夫？」

「へい。いつだったか、三之助って男が裏口から『鈴野屋』に消えたのを見たことがあります。それだけじゃありません。お店で呑んでいるときも、女将の態度が他の客と接するときと違っていました。その上で、『鈴野屋』に忍《しの》んで行ったもので」

「そうか。女将は隠していたのだな。いろいろ事情もあろう。今のこと、胸に収めておいたほうがいいな」

「へい」

　半吉と別れ、剣一郎は八丁堀の屋敷に戻った。

　夕餉のあとで、剣一郎は新兵衛の来訪を受けた。

　居間に招じ、新兵衛と差し向かいになった。

「ごくろう。じつは、ひとを探して欲しい」

　と、剣一郎はまず吾平のことを話した。

「吾平が江戸に帰ったときは冬木町から露月町に引っ越していたそうだ。だが、露月町に行くと、一年前に女房のはるは病死をし、秀次の行方はわからなかったという」

「最後にいたのは露月町ですか」

　新兵衛は思案するように顎《あご》に手をやった。

「冬木町の長屋は夜逃げ同然だったようだから、そこに母子と親しい人間はいなかっただろう。露月町でも同じような暮らしだったかもしれないが、だが、母子に心を寄せていた人間がいたかもしれない」

「わかりました。やってみましょう」

「期限は十三夜までだ」

「十三夜？」

「吾平は名月の光の中から息子が帰って来ると信じている。いや、信じようとしている。そのことが、吾平の生きるよりどころだ」

「わかりました。私は孤児になった子のその後の流れ行く先についていくつもの例をみてきました。必ず探し出してごらんにいれます」

新兵衛は自信を見せたあとで、

「ただ、万が一、探し出した果てが……」

と言いよどんでから、いっきに続けた。

「秀次はすでに死んでいたとしたら？」

「そのときはわしからはっきり吾平に伝えよう」

剣一郎はまず事実を知ることだと新兵衛に言った。

「新兵衛、頼んだぞ」

「はっ」

新兵衛が引き揚げたあと、剣之助がやってきた。

「父上、よろしいでしょうか」

「うむ、入れ」

「父上。じつは橋尾さまから言伝《ことづ》てを預ってまいりました」

「左門から？」

奉行所ですれ違ったときの訝しい態度を思いだした。

「はい。浮世小路にある料理屋『松風』で、掏摸の名人と言われた月影の駒吉を見かけたそうにございます」

「なに、月影の駒吉？」

「はい。あれから十年経ち、少し肥《こ》えて貫禄《かんろく》が出て、どこぞの商家の主人ふうで見違えたが、月影の駒吉に違いないと思ったとのことでございます。このことを父上に伝えて欲しいと」

剣之助は言ってから、

「月影の駒吉とはそれほどすごい掏摸だったのですか」

と、きいた。

「うむ。掏摸取った財布の中味を抜き取ってから持主の懐に返す。掏摸取るときも返すときも持主はまったく気づいていない。いや、それどころか、財布の中味の一部だけを抜き取るから、掏られた本人もあとになっても気づかないことが多い。まるで、すれ違いざま、財布を掏るのではなく、じかに中味を掏摸取っているのではないかと思うほどだ」

「たいした腕なのですね」

「うむ。ところが、そんな名人が十年前にぴたっと掏摸をやめてしまった。それから、一度も掏摸を働いていない。ただ、ここ一年ばかり前から、各地で掏摸の被害が増えている。特にここ数カ月では多発していた。千手観音一味と名付けられて、いま奉行所でも探索に力を入れているところだ」

「千手観音一味と駒吉の関係は？」

「おそらく、千手観音一味の親玉が駒吉ではないかと思っている。だが、証拠はない」

「でも、どうして、橋尾さまはこの件を父上にご自分から話そうとしなかったのでしょうか。私に言づけなど頼んで」

「たぶん」

剣一郎は苦笑した。

「わしからいろいろ詮索《せんさく》されるのが煩《わずら》わしかったのだろう」

「詮索ですか」

剣之助は不思議そうな表情をした。

「なぜ、左門が料理屋に上がったのか」

剣一郎は苦笑して、

「左門め。誰かの接待を受けたのだ」

「橋尾さまがですか」

「そうとしか考えられぬ。あの堅物の左門が接待を受けたのはよほどのわけがあろうが、日頃からそういうことに批判的な言葉を吐いていた手前、わしには面と向かって言えなかったのであろう。だが、ひと言、話しておきたいと思ったのだ」

「なるほど」

「左門は接待に負けて詮議をねじ曲げるような男ではないが、少し負い目があるものと思える」

「橋尾さまらしいですね」

「さよう。あいわかったと左門に告げておいてくれ。よけいな詮索はしないから心配するなともな」

「はっ」

剣之助が下がってから、剣一郎はもう一度、いまのことを考えた。

駒吉を見かけたのが、『松風』というのが気になる。なぜ、駒吉は『松風』に上がったのか。

三

その頃、半吉は『鈴野屋』で吾平と差し向かいになって呑んでいた。吾平と半吉は誰彼入ってくるたびに入口に目をやり、そのたびに落胆していた。

「遅いな。きょうは来ないのかな」

吾平がつぶやく。

「そうだな」

半吉はお鈴のほうに目をやる。お鈴は忙しそうに立ち働いている。新しい客が入って来て、お鈴が出迎える。

「女将」

注文を受けて板場に戻るお鈴を、吾平が呼び止めた。

「はい」

「女将。三之助さんは今夜は来ないんだろうか」

「さあ」

「ゆうべ、助けてもらったんだ。礼を言いたいんだがな」

吾平は残念そうに言う。

「吾平さん。気にしなくてだいじょうぶよ。今度来たら、私からも吾平さんが感謝していたって伝えておくから」

「うむ。そうしてもらおう」

お鈴が板場に向かってから、

「それにしても、あの益次って男が殺し屋だとは思わなかったぜ」

吾平が口元を歪めた。

「でも、吾平さんもよりによって死体を運ぶ相談を聞いてしまうなんて、よくよく運がなかったたな」

「そうよ。その死体がほんとうに大川に沈められていたんだ。まったく、運が悪い」

自嘲ぎみに言ったあとで、吾平はしんみりして続けた。

「それより、そのことに関わって女がひとり行方不明になっているらしいんだ。そのことも心配だ」

「女が行方不明？」

「ああ、護衛してくれる男から聞いたんだが、『松風』という料理屋のおゆきって女中が大川に沈められた男といっしょに行方不明になっているらしい」

「そうなのか」

半吉は吾平襲撃の陰にあるもうひとつの事件に衝撃を受けた。

「その女もどこかに埋められているのか」

「いや。命は無事らしいが、監禁されているんではないかってことだ。女には足の悪い妹がいて、姉の帰りを待っているらしい。なんとか、帰って来てもらいたいものだ」

敵は吾平の命を執拗《しつよう》に狙っている。吾平は大きな犯罪に巻き込まれているのだと、半吉は思った。

「秀次さんも帰ってくるといいな」

半吉は言う。

「ああ、今度は十三夜だ」

吾平のほうから口にした。

「そうだ。十三夜には必ず帰る」

半吉も応じた。

「ああ、おめえのいい女もな」

「俺のほうは縁がねえ」

「なあに、おめえにも名月が何か運んで来てくれるはずだ」

「そうだといいが……」

最近、やっとおはなのことを思いださなくなった。未練は残っている。だが、片恋だったのだ。

また、戸口に新たな客がやって来たが、三之助ではなかった。今夜は来ないようだ。

吾平が引き揚げるので、半吉も帰ることにした。

「女将。ここにおくぜ」

吾平が声をかける。

「女将さん。あっしのほうもここに」

「あら、もうお帰り？」

お鈴がやって来た。

「ああ、三之助ってひとが来たらよろしくな」

「はい」

女将に見送られて、吾平といっしょに半吉は店を出た。護衛の者がふたり、すぐに近寄って来た。

「すまねえな」

吾平はふたりに言う。

「吾平さん。じゃあ、また明日」

半吉は浜町堀のほうに向かった。

きょうもいい月が出ていた。半吉は長屋に帰った。

翌日の夕方、半吉は本町一丁目にある『真砂屋』に品物を届けに出かけた。

兄弟子が行くというのを、半吉は自ら買って出た。

「だいじょうぶか」

親方が心配そうに声をかけた。おはなのことを言っているのだ。

「もう、なんともありませんので」

「それならいいんだが。でも、なにもおめえが行くことはないんだ」

「いえ、きょうだけはあっしが。じつは、おはなさんに、ひと言、お祝いの言葉でも言ってやりたいと思いまして」

「そうか。それはいい。きょうは、もうそのまま帰っていいぜ」

親方は安心したように言い、半吉を送り出したのだ。

『真砂屋』の勝手口で、女中頭に依頼の品物を渡したあと、

「おはなさんはいらっしゃいますか」

と、半吉はきいた。

「あら、おはなはもうやめたわ」

女中頭はあっさり言う。

「やめた？　そうですかえ」

折りを見て、真砂屋の養女になるということだった。

「おはなに何か」

「いえね。お嫁に行くときいたので、ひと言お祝いを言いたいと思ったんです」

「そう。そのうち、顔を出すでしょうから、伝えておくわね。いま、お茶をいれるわ」

「いえ、すぐ帰らなきゃならないんで」

半吉はあわてて言う。

おはなが いたから茶を馳走になっていただけだ。半吉は『真砂屋』を辞去した。

夕暮れて、ひと通りの多くなった本町通りを大通りに差しかかったとき、本町三丁

目からやって来たふたりの男が大通りを室町のほうに曲がった。

ひとりは羽織姿の四十ぐらいの風格のある男だ。だが、横にいる男を見て、あっと思った。三之助だ。

無意識のうちに、半吉はふたりのあとをつけた。

ふいにふたりは路地を曲がった。浮世小路に入ったのだ。半吉もあとに続く。すると、ふたりは『松風』という黒板塀の料理屋に入った。

「松風……」

半吉は呟《つぶや》いた。どこかで聞いたことがある。そう思った瞬間、ゆうべ吾平からきいたのだと思いだした。

おゆきという女中が行方不明になっているという。三之助がここに入って行ったのは偶然だろうか。

いっしょにいた男は誰なのか。渋《しぶ》い顔つきで、ひとの上に立っているような威厳があった。大店の主人か。だが、いろいろ修羅場《しゅらば》を切り抜けてきたような凄味《すごみ》も感じられた。

半吉が門を覗《のぞ》いていると、駕籠がやって来た。

下りたのは大店の主人ふうの恰幅《かっぷく》のよい男だ。顔が小さいのに耳が異様に大きい。

足早に玄関に向かった。

しばらく立っていたが、三之助たちが出て来るのはまだずっとあとだ。それまで待っているわけにはいかず、半吉はその場を離れた。

伊勢町堀を通り、小舟町一丁目に差しかかる。向こうから足を引きずりながら若い女が歩いて来た。

女には足の悪い妹がいて、姉の帰りを待っているらしい。ふいに、吾平の言葉が蘇る。

まさか、行方不明というおゆきの妹ではあるまい。そう思いながら、さっきは三之助を見掛け、『松風』の前まで行った。

そうした上で、足の悪い女に出会った。もしかしたら、おゆきの妹かもしれない。そんな気がしたが、声をかける謂《いわ》れもなく、そのまま見送った。が、ふいに女が立ち止まって振り向いた。急のことだったので、目を逸らすことが出来なかった。半吉はあわてた。女は微かに笑みを浮かべた。そして、会釈をして、再び歩き出した。

半吉はそのまま元浜町に向かった。脳裏に、いまの女の顔が焼きついていた。おはなにどこか似ていた。

『鈴野屋』にやって来た。暖簾をくぐり、戸を開けると、すでに吾平が来ていて、権助と話していた。

「おう、きょうはみな出足が早いな」

権助が機嫌よく言い、

「俺が口開けかと思ったら、吾平とっつあんがもう来ていた」

「もう夕方になると肌寒くなって人恋しくなるんだ」

吾平が呟く。

「違いねえ」

ここに集まる連中はほとんどが独り者だ。みなひと恋しさに集まって来るのだ。寂しいのだ。半吉だってそうだ。

この店の喧騒の中に身を置いているだけで心が安らぐのだ。

酒を呑んでいるうちに客も増えて来た。

「『松風』の女中が行方不明だと言っていたな。その女中はどこに住んでいたか、聞いているのか」

半吉は吾平にきいた。

「ああ、聞いた」

「どこだ？」

「どこだっけな」

猪口を持ったまま、吾平は小首を傾げた。

「なんだ、忘れちまったのか」

半吉は舌打ちしたい思いで言う。

「待て。すぐ、思いだす。それより、なんでそんなことをきくんだ？」

「いや、ただ、きのう聞いた話が気になったからだ」

「ふうん」

吾平は疑わしそうな目をくれた。

その目を逃れるように、半吉は手酌で酒を呑む。

「思いだした。小舟町一丁目だ」

いきなり、吾平が言う。

「小舟町一丁目か」

やはり、あの娘はおゆきの妹だ。

おゆきは、先月の二十六日に出かけたきり、きょうまで帰って来ないのだ。二十日余りをずっと待ち続けている。

こんなに長い期間、行方がわからないのは尋常ではない。冬吉のこともあり、無事でいるかどうかわからない。

それでも帰って来るのを待っているのであろう。なんだかいたわしい気がした。

「半吉、どうした、なんだかぼうっとしているな」

「いや。なんでもねえ」

半吉はあわてて言う。

「そうか。なら、いいんだが」

吾平は言ってから、

「今夜は来るかな」

「えっ？」

「三之助さんだ」

「いや、来ないと思うぜ」

「どうしてだ？」

「いや、なんとなく」

料理屋の『松風』に入って行ったのを見たことは黙っていた。

『松風』に入って行ったのは偶然だろう。おゆきの事件と関わりがあるとは思えない。それにしても、あの四十絡みの男は何者なのだろうか。

「吾平とっつあん」

権助が声をかけた。

「なんだか吾平とっつあん、まっとうになっちまって面白くねえな。前みたいに、ほら吹き吾平のほうが楽しかったぜ」

「そいつを言ってくれるな」

吾平は苦笑する。

「でも、吾平さんのほらは全部が全部嘘じゃなかった。ほら、青痣与力の件だってあるじゃねえか」

半吉は助け船を出す。

「確かにな。命を狙われているのもほんとうだった。それに、息子が帰って来るのを待っているというのもほんとうだったものな。板前だというのは嘘だったが」

「面目ねえ」

吾平が俯く。

「なあに、息子を待っているということがほんとうなら、それで問題ない。帰ってくるといいな」

「ああ」

「秀次って名だったよな。俺も若い男を駕籠に乗せるときには秀次っていうんじゃねえかっていつもきいているんだ」

「えっ、権助さん。そんなことをしているのか」

半吉は驚いてきく。

「俺だけじゃねえ。ここの常連は、仕事先でも折に触れてきいてまわっているんだ。そういうことを口にしないだけだ」

「そうか。みんないいひとたちだな」

半吉の胸に温かいものが流れた。

「すまねえ。みんな、すまねえ」

吾平は涙声になった。

「なあに、いいってことよ。みな仲間だ」

お鈴がしんみりした顔できいていた。

いつの間にか店は満席になって盛り上がり、その喧騒の中の心地よさに、半吉も吾平も看板までいた。

お鈴に見送られて店を出た。店の前で吾平や権助たちと別れ、半吉は浜町堀のほうに向かった。

十五夜を過ぎ、月の出が遅くなった。きょうは十五夜からふつか経った。立ったまま月の出を待つという立待月《たちまちづき》である。

ようやく月が出て、掘割の水面を照らしている。千鳥橋を渡りかけて、半吉は足を止めた。

これから三之助が『鈴野屋』にやって来るような気がした。そのことを確かめたい誘惑に駆られた。迷った末に、半吉は引き返した。

『鈴野屋』の前に戻った。暖簾は下げられ、明かりも消えていた。三之助は裏から入る。

半吉は裏通りへの入口が見通せる路地の暗がりに身を隠した。

頭の上で音がし、半吉は息が詰まるほど驚いた。屋根を猫が走って行ったのだ。動《どう》悸《き》がなかなか治まらない。

じっと路地の暗がりに身を隠している自分に、いったい俺は何のためにこんなことをしているのだろうかと思った。

三之助がお鈴の間夫なのは間違いないだろう。その上、何を調べようとしているのか。三之助の身に備わる何かが半吉を引き付けるのかもしれない。

益次という商人を侍だと見抜いた眼力や吾平を助けた胆力など、とうてい只者ではない。三之助の正体を知りたいという好奇心だ。

それに、きょうは四十絡みの男といっしょに『松風』に入って行った。『松風』はふつうの人間ではとうてい上がれない高級な料理屋だ。そういうところに出入りをする男について知りたい。

暗がりに身を隠して四半刻（三十分）後、黒い影がふたつ近づいて来た。半吉は身を硬くした。

若い男だ。ひと違いだと思って緊張を解いたとき、ふたりのうち、ひとりはいつぞや三之助といっしょに『鈴野屋』の小上がりに座っていた男だと気づいた。色白の細面で、鼻筋が通ってきりりとした感じの男だ。もうひとりは、それより若い。

ふたりは『鈴野屋』の裏通りへの路地に入った。

唖然として見送っていると、またふたつの影が近づいてきた。あっと声を上げそうになった。三之助と四十絡みの男もいっしょだった。

ふたりも『鈴野屋』の裏に向かった。

少なくとも四人の男が『鈴野屋』に入って行った。いったい、『鈴野屋』で何があるのか。

月の位置が変わり、光が半吉の足元まで射してきた。そろそろ四つ（午後十時）になる。町木戸も長屋の木戸も閉まる頃だ。

半吉は急いで長屋に向かった。

四

数日後の夜、八丁堀の屋敷に文七がやってきた。

いつものように、文七は庭先に立ち、剣一郎は濡縁に腰を下ろした。夜風もひんやりしてきた。木犀《もくせい》の香りが漂ってくる。

「飯島彦太郎が『松風』で会っていた相手がわかりました」

文七が口を開いた。

「二十六夜待ち以前には、花野太郎《はなのたろう》という旗本と何度も会っていました。年の頃は四十過ぎの長い顔の男だそうです。その男の席に必ず、おゆきがついたようです」

「花野太郎か。どうやら偽名のようだな」

「はい。一度、おけいが花野さまと呼びかけたとき、一瞬きょとんとしていたことがあったと言っておりました」

その席にはおゆきとおけいが呼ばれたらしい。

「花野太郎という侍もおゆきにご執心だったようにございます。飯島彦太郎は花野太郎のためにおゆきを口説いていたのではないでしょうか」

以前、おけいは飯島彦太郎がおゆきを口説いていたと言ったが、実際は花野太郎のためだったのかもしれない。

いずれにしろ、文七はうまくおけいの信頼を勝ち得ることに成功したようで、いろいろな話を聞き出しているようだ。

「その考えに間違いはなさそうだ」

剣一郎は相槌《あいづち》を打った。

賄賂として、飯島彦太郎はおゆきを花野太郎の屋敷に送り届けたのか。しかし、花野太郎の屋敷には奥方もいよう。おゆきを監禁など出来まい。

「二十六夜待ち以降は、『松風』に花野太郎は来ていないようです」

「おゆきのいない『松風』には行く必要もないということか」

「最近、飯島彦太郎が会っていたのは、『沖田屋《おきたや》』という酒問屋の主人の喜右衛門《きえもん》です」

「『沖田屋』?」

「はい。須田町《すだちょう》に店があり、丸山藩に出入りをしている商人です。酒問屋ですが、金貸しもやっているそうです」

「大名貸しか」

「はい。中でも、丸山藩が一番の貸し出し相手のようです」

文七はそこまで調べてきたのだ。

「そういう商人とであれば、飯島彦太郎が会っていても不自然ではないな。花野太郎と沖田屋は会っているのか」

「それがありません」

「ないか」

「ただ、沖田屋喜右衛門は二度ほど、扇屋駒之助《おうぎやこまのすけ》という商人ふうの男と会っていました」

「扇屋駒之助とな？」

「はい。ですが、何の商売で、どこに住んでいるかも、不明です」

「言おうとしないのか」

「はい。それに、喜右衛門と駒之助が会うときは女中は誰も呼ばないとのことです。何か緊迫した雰囲気で、恐ろしいほどだったと言います」

「単なる密談ではないな」

何を話し合っているのか。重大な内容なのか。

駒之助の件は沖田屋喜右衛門のほうのつながりで、飯島彦太郎とは関係ないのか。いや、花野太郎への賄賂の陰には喜右衛門の存在はかかせないはずだ。飯島彦太郎は、花野太郎のために使う金を喜右衛門にも出させているはずだ。

だとしたら、扇屋駒之助はどういう存在なのか。

「扇屋駒之助はどんな感じの男なのだ？」

「四十絡みの渋い感じの男だそうです。ただ、商人には見えなかったとおけいは話してました」

「うむ。気になるな」

「はい。今後、座敷に上がるかわかりませんが、おけいに駒之助がきたら知らせるように頼んであります」

「よし。そろそろ、『松風』の女将に切り込んでみよう。おゆきの身が心配だ」

「私は『沖田屋』の様子を探り、夜はまた『松風』に」

「いや。『沖田屋』には京之進をやる。そなたは扇屋駒之助について調べてもらいたい」

「畏まりました」

「ごくろうだが、頼んだ」

「はっ」

「待て」

行きかけた文七を呼び止めた。

「いわずもがなのことであるが、おけいを傷つけるような真似だけはせぬように」

おけいにうまいこと言って近づき、手掛かりを得たらぱっと手のひらを返す。そのような真似を文七がするはずはないと思いつつ、つい剣一郎は言った。

「承知しております」

文七は頭を下げて暗闇に消えて行った。

まだ、証拠は揃っているとは言えない。だが、時間が経てば経つほど、おゆきの身に危険が迫る。

そろそろ軟禁からひと月近くになる。花野太郎という侍がおゆきは意のままにならぬと見極めるには十分な時間だ。

不要になったおゆきをそのまま素直に帰すとは思えない。口封じをするに違いない。そう思うと、剣一郎は焦りを覚えてきた。

おゆきに危険が及ぶことを考慮し、へたに飯島彦太郎を刺激しないように努めてきたが、もはやこれ以上いたずらに時間をかけることはかえって、おゆきの身の危険を増すだけだ。剣一郎は腹を決めた。

翌日の朝、剣一郎は使いをやって、出仕前の京之進を屋敷に呼んだ。

「お呼びでございますか」

「丸山藩野上家留守居役の飯島彦太郎が『松風』で丸山藩御用達の沖田屋喜右衛門とよく会っているようだ。それから、花野太郎と名乗った武士がおゆきに執心だったらしい」

剣一郎は自分の考えを述べ、

「二十六夜待ちの夜、飯島彦太郎は喜右衛門とともに花野太郎を接待したのではないか。湯島天神周辺の高台に喜右衛門が親しくしている家があるやもしれぬ。その家を探してもらえぬか」

「わかりました」

京之進が勇躍して引き揚げてから、剣一郎は深編笠をかぶって屋敷を出て、浮世小路にある『松風』に行った。

門を入り、玄関前で掃除をしている女中に声をかけると、すぐに女将を呼びに行った。

剣一郎は玄関の中で待ったが、待つほどのことなく、女将が現れた。

「青柳さまではございませぬか。このような早い時間に何用でございましょうか」

「おゆきのことで大事な話がある。部屋に通してはもらえぬか」

「畏まりました。どうぞ、こちらへ」

女将は先日と同じ帳場の隣の部屋に招じた。

「なんでございましょうか」

緊張した顔つきで、女将がきいた。

「妹のおしゅんのところにおゆきから文が届いた。聞いているか」

「いえ」

「無事だと書いてあったが、内容に少し違和感を持った」

「違和感と申しますと？」

「何者かに書かされたか、あるいはもっと以前に書いたものを、いまになって送って来たのではないかと思われる」

「なぜ、そのようなことを？」

女将は不安そうな顔をした。

「おゆきが無事でいることを知らせるためだ。なぜ、知らせる必要があるのか。逆だからかもしれぬ」

「逆？」

「おゆきの身に何かあったから、逆に無事だということを印象づけさせようとしたという可能性だ」

「おゆきは死んでいると……」

女将の表情が強張《こわば》った。

「そうだ。それも、最近」

女将が息を呑む。

「じつは、我らは二十六夜待ちの夜、飯島彦太郎どのがおゆきを誘い出した可能性があるとみている」

「まさか。そのようなことは決して」

女将があわてて言う。

「どうして、そう言えるのだ？」

「あの御方がそのようなことをするとは思えないからでございます」

「ある男のためだ」

「ある男……」

「女将は知っているかどうかわからぬが、いまご公儀にて日光東照宮の営繕、並びに杉並木の保全工事を予定しており、その工事を担う大名を人選している。その候補の中に、丸山藩野上家が含まれている」

「……」

「飯島どのは、その工事を申しつけられないようにするためにいろいろなところに働きかけているようだ。その中のひとりがおゆきを気に入った。そこで、二十六夜待ちの夜におゆきを誘い出した」

剣一郎は女将のおどおどした様子の目を見つめ、

「女将。その者はここに上がり、おゆきを見ているはずだ。飯島どのが接待した武士の名を教えてもらえぬか」

「申し訳ございません。お客さまの許しを得ないで、相手の御方のことをお話しするわけにはまいりません」

「さようか。ならば、飯島どのにきいてみてくれぬか。あるいは、わしのほうから直《じか》にきいてもよい。飯島どのがいつここに来るか訊《たず》ねてもらいたい」

「でも、私どもがそのようなお伺《うかが》いを立てることは……」

女将はのらりくらりと逃げようとした。

「使いを出せぬなら、仕方ない。ここの女中たちを奉行所に呼び、訊ねることになる。また、飯島どのには目付どのを通してお伺いすることになる。なにしろ、おゆきの命がかかっていることだからな」

女将ははっとしたようになってから、

「わかりました。私どもで、飯島さまに使いを出します」

と、厳しい顔で答えた。

「なるたけことを荒立てたくない。そうしてもらおうか」

「はい」

「ところで、丸山藩御用達の『沖田屋』を知っているか」

「はい。存じあげております」

「沖田屋と飯島どのは頻繁《ひんぱん》に会っているのか」

「はい。よくお出でいただいております」

「沖田屋は、飯島どの以外の人間ともここで会うのか」

「はい。接待でお使いくださいます」

「最近、沖田屋が誰と会ったのか、教えてもらえぬか」

「申し訳ございません。そのことも」

「そうか。仕方ない。沖田屋にじかにきくとしよう」

剣一郎はふと調子を変え、

「もう一度確かめるが、おゆきの行方はほんとうに知らないのだな」

と、鋭い口調できいた。

「知りません」

女将の声が微《かす》かに震えた。

「おゆきの件に関わっていないのだな。あとで、じつは関わっていましたということにはならぬだろうな」

「はい」

「それならよい。もし、あとで関わっていたことがわかれば、そなたもたいへんなことになるでな」

剣一郎は威した。

「………」

女将は黙って目を伏せた。

翌日の夜、剣一郎の屋敷に京之進がやって来た。

「青柳さま。重大なことがわかりました」

「うむ」

「湯島天神門前町《もんまえまち》に、元曖昧宿《あいまいやど》だった家があります。いまは、同朋町《どうぼうちょう》の元芸者だったおせいという女が住んでおります。そのおせいは沖田屋喜右衛門の妾のようです」

「ほんとうか」

「はい。近所の者にきくと、ときたま喜右衛門らしい男がやって来ているそうです。それから、二十六夜待ちの夜には数人の男女がやって来て、宴会をしていました。同朋町にある仕出屋で確かめると、六人分の料理を届けたということです」

「そうか。その中におゆきがいたのか」

「仕出屋が言うには、料理を並べたとき、沖田屋とおせい以外に武士がふたりと女がふたりいたということです。そのうちの若い女は目を引くような美しい女だったそうです。おゆきではないでしょうか」

「その家にひとを監禁出来るような場所はあるのか」

「土蔵がありました。ひょっとして、その中におゆきが閉じ込められているのではありませぬか」

「そうかもしれぬ」

「いかがいたしましょうか。踏み込みましょうか」

「証拠がない」

剣一郎は迷った。可能性は高いものの、踏みこむ理由はない。だが、もし、おゆきが捕らわれているのなら早く救出しなければならない。

「よし。おせいに土蔵を見せてもらうように頼もう。もし、拒否されたら、仕方ない。強引に押し入ろう」

「わかりました」

「念のためだ。ずっと家を見張らせるのだ」

「はっ。畏まりました」

京之進が引き揚げたあと、剣一郎は宇野清左衛門の屋敷に、これから伺ってもよいかという使いを走らせた。

使いが戻る間、二十六夜待ちのときの状況を考えた。

おせいの家で酒を呑みながら月待ちをするということで、飯島彦太郎はおゆきを誘った。しかし、おゆきが素直に従うとは思えない。なぜ、おゆきは誘いに乗ったのか。

女将だ。彦太郎の意を受けた女将がおゆきを誘った。おゆきが女将とともに、湯島天神門前町にあるおせいの家に行った。

そこに、飯島彦太郎、花野太郎、そして、沖田屋喜右衛門が来ていた。彦太郎にとっては重要な接待だったに違いない。これで、花野太郎の歓心を得れば、幕府の工事の割り当てから免《まぬか》れるからだ。

しかし、冬吉はおゆきのあとをつけて行った。冬吉はおゆきが贈賄の対象であることに気づいていたのか。

冬吉はおせいの家に侵入し、見つかって殺されたのだ。死体は庭にでも隠された。そして、死体の始末を吾平が見たふたりの男に依頼したのだ。

おゆきは冬吉が殺されたのを知らないだろう。二十六夜待ちの夜、彦太郎と女将はおゆきに因果を含ませ、花野太郎と床《とこ》を共にさせようとした。

だが、おゆきは拒絶した。あわてた彦太郎は、必ず言うことをきかせるからと花野太郎をなぐさめる。

だが、連日の説得にもおゆきは耳を貸そうとしない。土蔵に閉じこめ、威したり、なだめすかしたりしたが、首を縦《たて》に振ろうとしなかった。

花野太郎もいつしか業を煮やした。強引に手込めにした……。剣一郎はそのあとのことを考えられなかった。

胸が締めつけられそうになる。自分の思い過ごしであって欲しいと願った。

それにしても、花野太郎とは何者だろうか。老中か。いや、『松風』にやって来た様子からはそれほどの大物ではなさそうだ。

では、老中の家来か。しかし、家来にそれほどの権限があるとは思えない。だとしたら……。

奥祐筆《おくゆうひつ》か。そう閃《ひらめ》いたとき、待っているという返事を持って、使いが戻って来た。

「宇野さまのところに行って来る」

剣一郎は多恵に言ってから、

「すまぬな。また、遅くなるやもしれぬ」

「いえ、なんともありません」

多恵は剣一郎の帰りがどんなに遅くとも起きて待っている。だのに、朝は必ず剣一郎より早く起き、化粧も済ましている。そんな多恵をいたわったのだが、多恵はかえって剣一郎に気遣いをさせてしまったことを詫びるように頭を下げた。

「では、出かけて来る」

「宇野さまの奥様によしなに」

大きく頷き、剣一郎は玄関を出た。

宇野清左衛門の屋敷の客間に通され、剣一郎は清左衛門と差し向かいになった。

「おおよその事件の状況が摑めました」

そう前置きして、剣一郎は二十六夜待ちの夜のことから想像を交えて語りだした。

清左衛門は深刻な表情で聞き入っていた。

「そこで花野太郎の正体ですが、奥祐筆ではありますまいか」

「うむ。奥祐筆にはどの藩も日頃から付け届けをしているようだ」

奥祐筆は老中の文案を記録するだけでなく、内容についても古例に徴して意見を具申する。つまり、老中が起案しても最終的には奥祐筆の意見が老中の決定になる。そこで、各藩の留守居役たちはこぞって奥祐筆に、特に奥祐筆組頭《くみがしら》に賄賂を贈り、自藩に有利な決定をしてもらおうとしている。

各藩がこぞって賄賂を贈る中で自藩に有利してもらうには、賄賂の質と量がものをいう。

「花野太郎は、あからさまにおゆきを求めたのではありますまいか。その求めに応じて、飯島彦太郎は『松風』の女将と計《はか》らい、おゆきを差し出そうとした……。花野太郎は奥祐筆組頭ではないかと思われます」

「十分にあり得る。奥祐筆への賄賂が甚《はなは》だしく、かつて幕府は大名と奥祐筆のつきあいを禁止したが、それも長くは続かなかった」

「宇野さま。いま奥祐筆組頭は二名でございますね。花野太郎とはそのうちのひとり」

奥祐筆の定員は十三名だが、奥祐筆組頭は二名である。

「うむ。花野太郎の名から連想するのは花岡《はなおか》佐京之助《さきようのすけ》どのだ。年齢は四十過ぎ。もうひとりの組頭は五十近い」

「花岡佐京之助に間違いなさそうです」

「うむ。しかし、飯島彦太郎と花岡佐京之助の結びつきを明らかにするものがない。とぼけられたらおしまいだ。おゆきさえ見つかればいいのだが」

清左衛門は表情を曇らせた。

清左衛門も口封じを恐れているのだ。飯島彦太郎と花岡佐京之助にとって一番の恐怖はおゆきの証言だ。

「おゆきは湯島天神門前町のおせいの家の土蔵に閉じ込められている可能性がありま す。明日、おせいに頼み、土蔵を調べたいと思います。もし、おせいが拒否したら、強引に押し入ろうと思います」

「おゆきの命がかかっている。止むを得まい」

「では、明日、おせいの家に踏み込みます」

「うむ」

厳しい顔で、清左衛門は頷いた。


翌朝、湯島天神の鳥居前で京之進と落ち合い、剣一郎はおせいの家に向かった。

黒板塀で囲われた大きな家だ。元は曖昧宿だったのを、沖田屋喜右衛門が買い取り、おせいを住まわせているのだ。

京之進が門を入り、呼びかけながら格子戸を叩いた。

「南町だ。誰かおるか」

戸締りがしてあった。

「はあい、ただいま」

中から声がして、戸が開いた。

小柄な年寄りが顔を出した。

「おせいはいるか」

京之進がきく。

年寄りは背後にいる剣一郎に気づいて、あわてて奥に引っ込んだ。

剣一郎と京之進は土間に入った。

やがて、暗い廊下から色白のぽっちゃりした顔の女が現れた。受け口で、男好きのする顔だちだ。

「おせいか」

京之進がきく。

「はい。さようでございます」

おせいは落ち着いて答えた。

「先月の二十六日の夜。二十六夜待ちの夜だが、ここに客があったな」

「お客でございますか。さて」

おせいは小首を傾げた。

「来なかったとは言わせぬぞ。仕出屋に六名ぶんの食事を頼んでいたのだからな」

「ああ、あの日でございましたか。思いだしました。確かに、いらっしゃいました。『沖田屋』の旦那のお知り合いの方々でございます」

「名前を教えてもらおう」

「さあ、私にはわかりません。『沖田屋』の旦那におききください」

「おゆきという女がいたはずだが」

「いえ、そのような者はいなかったと思います」

「嘘をつくと、あとで困ったことになる。わかっているな」

「はい」

「そなたは沖田屋喜右衛門とはどういう関係だ?」

「お世話になっております」

「丸山藩野上家の留守居役の飯島彦太郎どのはここに来たことがあるな」

「いえ、ありません」

「ほんとうにないのか」

それまで黙っていた剣一郎が口をはさんだ。

「妙だな。二十六夜待ちの夜、飯島彦太郎どのと花岡佐京之助どのがここで月待ちをしたと聞いたのだがな」

「私はお客さんのところにほとんど顔を出しませんでしたので、どのような方がお出でになったのかわかりません」

「しかし、仕出しは六人前頼んでいるが? まさか、客が六名だったわけではあるまい」

「あの、いったい、何のお調べでございましょうか」

おせいはしたたかだ。

「じつは行方を晦ましたおゆきという女が、この家の土蔵に閉じ込められているという訴えがあった。それで調べている」

剣一郎は嘘をついた。

「それは何かのお間違いでございましょう」

「いや。偽《いつわ》りとも思えぬ。どうだ、疑いを晴らすためにも土蔵を調べさせてもらえぬか。調べれば、訴えが嘘かどうかすぐわかる」

「あの土蔵は使っておりませぬ」

「見せてくれるだけでいい」

「わかりました。それで、妙な疑いが晴れるならどうぞ」

おせいは立ち上がり、下駄《げた》を履《は》いて外に出た。

「どうぞ、こちらでございます」

おせいは庭木戸を押して植え込みの中を奥に向かった。剣一郎と京之進はあとに従う。

母屋《おもや》の裏手にある土蔵の前にやって来た。

「錠《じょう》はかけてないのか」

「はい。何も入っていませんので、錠はしません。どうぞ」

京之進は重い扉を引っ張って開けた。さらに、二重になっているもうひとつの扉を開ける。

土蔵内はがらんとしていた。明かり取りからの明かりが土蔵内部を照らしている。

床と壁だけで、ほかにいっさい何もない。

「使ってないと言ったな」

「はい。ご覧のとおりです」

「使っていなくとも掃除はしているのか」

「ええ、たまに……」

「たまにというと、どのくらいおきだ？」

「月に一度ぐらい」

「最近はいつだ？」

「五日ほど前です」

床から壁を丁寧《ていねい》に見たが、手掛かりになりそうなものは何もなかった。壁に削《けず》ったあとがあった。

「これはどうしたんだ？」

「汚れがとれなかったので、ちょうなで壁を削ったんです」

「そんなに汚れていたのか」

「はい」

「使っていない土蔵をずいぶん手入れしている」

剣一郎は土蔵を出た。そして、土蔵の裏手にまわった。

塀のそばに何かがおいてあった。莫蓙《ござ》だ。それに、麻《あさ》の袋があった。中に器などが押し込んであった。

ふと、麻の袋の中に光るものを見た。剣一郎は手を伸ばした。簪《かんざし》だった。先に血がついていた。

第四章　十三夜

一

日暮れてきて、『松風』の門の脇にある軒行灯《のきあんどん》に灯《ひ》が入った。

剣一郎は門を入った。女将はすぐに、奥の座敷に剣一郎を通した。そこに、すでに三十半ばと思える武士が待っていた。飯島彦太郎だ。

剣一郎が中に入ると、女将はすぐ去って行った。

剣一郎は差し向かいになり、

「南町の青柳剣一郎と申します」

「いや、よく存じあげております。飯島彦太郎でござる」

彦太郎は如才《じょさい》なくにこやかに挨拶をする。

「恐れ入ります」

「さっそくだが、なにやら拙者《せっしゃ》に疑いがかかっているとのこと。穏やかではござらぬので、さっそくお話をお聞きしたい」

彦太郎は先に切り出した。

「いえ、決して疑いというわけではございません。ただ、何かご存じかもしれないと思い、お訊ねしたいということです」

「で、何を？」

彦太郎は余裕を見せて言う。だが、細い目は常に鈍《にぶ》く光っている。

「この『松風』の女中おゆきをご存じでいらっしゃいますね」

「おゆきならよく知っている」

「二十六夜待ちの夜から行方不明のままだということも？」

「そうらしいな。最近、見かけないのでどうしたのかと心配していたところだ」

「二十六夜待ちでは、飯島どのはおゆきといっしょだったのではありませんか」

「いや、違う。どうして、そう思うのだ？」

「飯島どのが接待なさっていたという奥祐筆組頭の花岡佐京之助どのがおゆきをだいぶお気に入りだったのではありませんか」

「うむ。おゆきは美しい女子《おなご》だ。男なら、誰でも特別な思いを持つであろうな。それが、どうかしたたか」

「飯島どのは、おゆきと花岡どのの仲を取り持つために、二十六夜待ちにふたりを湯島天神門前町にある沖田屋喜右衛門の妾の家に連れて行ったのではないかと思ったのですが、いかがでしょうか」

「確かに、私は花岡どのを接待していた。だが、二十六夜待ちにふたりの仲を取り持ったなどというのはあり得ない」

彦太郎は否定した。否定することはわかっていた。ただ、彦太郎の反応を見たかったのだ。

「二十六夜待ちの夜、飯島どのは花岡佐京之助どのと、沖田屋喜右衛門の妾の家に行ったことは間違いありませぬか」

「いや。二十六夜待ちは拙者は上屋敷で過ごした。ひと違いであろう。それから、奥祐筆どのへの接待はどの藩でもやっていること。特に、我が藩だけではござらぬ。その点を間違われぬよう」

「しかし、今度ばかりは丸山藩にとって大事な接待だったのではありませんか。なにしろ、日光東照宮の営繕と杉並木の保全工事の割り当てという問題が控えておりますれば」

「うむ。確かに。だが、そのことと、おゆきとのことは別だ」

「花岡どのにおゆきを差し出せば、割り当てから逃れられる。そんな思いがあったのではございませぬか」

「青柳どの。まず、花岡どのがおゆきにそれほど執心していたという証拠でもおありか。花岡どのはそのような御方ではない」

「では、二十六夜待ちの夜、沖田屋喜右衛門の妾の家には行かなかったということでございましょうか」

「そのとおりだ。行ってはおらぬ」

「では、おゆきは別の人間と行ったのでありましょう。確かに、妾のおせいは二十六夜待ちの夜は喜右衛門の知り合いがやって来たと申しておりました。では、おゆきはその者たちといっしょだったのでしょう」

「おゆきが沖田屋の妾の家に行ったとは限らんだろう」

「いえ、おゆきは沖田屋の妾の家にある土蔵の中に閉じ込められていました。土蔵を調べてそのことがはっきりしました」

「ばかな」

彦太郎は吐き捨てた。

「確かに土蔵の中はすっかり片づけられて、おゆきが寝泊まりしていた痕跡は消し去られておりましたが、おゆきが自分がいたことを示す証拠を残しておいてくれました」

「証拠？」

彦太郎は不安そうな顔になった。

「ですから、あの妾の家の土蔵におゆきは監禁されていたのです」

「待て。おゆきがいたという証拠とはなんだ？」

「…………」

「そうか。そなたの口からの出まかせか」

彦太郎は嘲笑のように口元を歪めた。

「いえ、出まかせではありません」

「では、その証拠を示してもらおう」

彦太郎は高圧的に言う。

「飯島どの。なぜ、そのようにお気になさいますか」

「なに？」

「おゆきの件は飯島どのに関係ないとのことがわかりました。されば、おゆきに関することは奉行所としても探索上の秘密事項でございますので、申し訳ございませんが、お話しするわけにはいきません」

剣一郎は彦太郎を焦らした。

「しかし、沖田屋は我が藩出入りの商人なのだ。その沖田屋に関わっていることであれば、気になる」

「いえ、沖田屋喜右衛門がどうなろうと丸山藩とは関係ないことでございます。それに、喜右衛門には殺しの疑い、死体を大川に沈めさせた疑いもかかっております。あっ、いえ、このこともまだ秘密でございました。どうか、この件は沖田屋には内密に」

「殺しの疑いとはなんだ?」

彦太郎の声が震えを帯びている。

「じつは、先月二十七日の夜、妾の家の庭からふたりの男が死体を運び出したのを見ていた者がいるのです。この死体は大川に重しをつけて沈められました」

「沖田屋の仕業だという証拠があるのか」

「いえ、ありません。ただ、殺された男は二十六夜待ちの夜からおゆきとともに失踪していた冬吉だとわかりました。おゆきが沖田屋の妾の家に行った可能性があり、冬吉の死体が庭から運び出された。沖田屋に疑いが向くのは当然でございましょう」

「信じられぬ。沖田屋はそんな男ではない」

「死体を運んだ男の顔を、吾平という男が見ていました。ふたりは口封じのために吾平を殺そうとしましたが、失敗すると、今度は侍が商人になりすまして近づき、吾平を襲いました。その侍の顔を何人かが見ています。いずれ、その者たちが見つかれば、すべてが明らかになりましょう」

「果して見つかるのか」

彦太郎が挑《いど》むような目を向けた。

「そうですね。なかなか、見つからないでしょうね。いまのところは」

「いまのところは？」

「はい。おそらく、この連中はどこかの武家屋敷の中間部屋にでも匿《かくま》われているのでしょう。しかし、いつまでもじっとしてはいられません。必ず、遊びに外に出てきます。そのとき、捕まえられるでしょう」

「………」

もちろん、その武家屋敷とは丸山藩の上屋敷か下屋敷だ。そこでは、奉行所の人間が見張りを続けている。

「飯島どの、せっかくですので、おゆきがいたという証拠をお教えいたしましょう。

土蔵の裏手に麻の袋があり、中に簪が入っていました」

「簪?」

「その簪に血がついていました。誰の血かわかりませんが、誰かが怪我をした可能性があります」

「………」

「その簪はおゆきのものとよく似ていることがわかりました。もう少し、証拠固めをしてから、沖田屋から事情をきくことになりましょう。なにしろ、おゆきの身が心配なのです。多少強引な真似をしてでも、おゆきの居場所を聞き出さねばなりませぬ」

「………」

「沖田屋でも埒《らち》が明かねば、場合によっては御目付を通して奥祐筆組頭の花岡佐京之助どのにも話を聞かねばならなくなるでしょう。それでは、私は、これにて」

「待て」

立ち上がった剣一郎を見上げ、

「わしは内与力の長谷川四郎兵衛どのと懇意にしている。そなたたちの強引なやり方に納得出来ぬ。場合によっては、長谷川どのに抗議をいたさねばならぬ」

彦太郎は強い口調になった。

「どのような抗議かわかりませぬが、それによって我らの追及が弱まることはありません。我らの目的は、まずおゆきの無事の救出にありますゆえ」

一礼し、剣一郎は部屋を出た。

廊下の隅で、女将が立っていた。

「邪魔をした」

話の内容が気になっていたのであろう。女将は剣一郎がすれ違って行くと、急いで彦太郎のいる座敷に入って行った。

心証は真っ黒だ。おそらく、剣一郎の想像した通りのことが二十六夜待ちの夜から起こっていたのだ。

しかし、簪は見つかったものの、おしゅんに確かめても、それがおゆきのものかどうか確証が得られなかった。土蔵には誰かがいたかもしれないという痕跡はあったが、それがおゆきだという証拠もない。彦太郎にもったいぶって言ったのははったりだった。死体を運ぶのを見た人間がいるというのは嘘だ。

確かに、その嘘に彦太郎は反応したが、すぐに嘘だと見抜くかもしれない。やはり、おゆきを見つけ出せない限り、追及は困難になる。

『松風』の玄関を出て門に向かう途中、門を入って来た商人ふうの格好の文七と出会った。すれ違いざまに、「飯島彦太郎が来ている」と伝えた。

文七は頷き、玄関に入った。女中が文七を出迎える。

外に出て、少し行ったところで立ち止まる。ひんやりした夜風が心地よい。

京之進が近づいて来た。

「反応はあった。あとを頼んだ」

「はっ」

京之進は手下を待たせてあるほうに走って行った。

剣一郎は彦太郎が動くことを期待した。

簪の件がほんとうかどうか、それを確かめるために、おゆきのもとに行くはずだ。

彦太郎が行くか。『松風』の女将か。

そのあとをつければ、おゆきの監禁場所がわかる。あとは京之進に任せ、剣一郎は元浜町に向かった。

居酒屋『鈴野屋』の脇に、吾平を護衛している小者がふたり、所在なさげにしていた。

「毎日、ご苦労だな」

「あっ、青柳さま」

「その後、どうだ？」

「あれから、まったく何もありません」

「そうか。油断せず、頼む」

「へい」

剣一郎は『鈴野屋』の暖簾をくぐる。店内は喧騒に包まれていた。

「青柳さま」

吾平がいち早く気づき、立ち上がって来た。

「いらっしゃいまし」

お鈴が弾んだ声で迎える。

「繁昌《はんじょう》しているな」

「おかげさまで」

「青柳さま。どうぞ」

吾平が呼んだ。

他の者が気づいて、急に喧騒が止んだ。

「私も客だ。気にせず騒いでくれ」

剣一郎は大きな声を出した。

わあっと歓声が上がり、再びにぎやかになった。

「吾平。どうだ？」

「へえ。おかげさまで、元気でやっております」

「そいつはよかった」

酒が運ばれて来た。

「さあ、青柳さま。どうぞ」

お鈴が徳利を差し出した。

「すまない」

剣一郎は猪口を持った。

「そういえば、半吉の顔がないな。まだか」

酒を呑みながら、吾平にきいた。

「それがここ何日も来ていないんです」

「なに、来ていない？」

「へえ。まあ一種の病気ではないですか」

吾平がにやりとした。

「病気とは穏やかではないな」

「いえ、そんな心配してどうにかなるって病気じゃないんです。じつはきのう心配になって長屋に行ってみたんですが、家でひとりで呑んでました。わけをきいたら……」

吾平はまた笑った。

「なんだ？」

「へえ。女のことでした」

「女のこと？」

「へえ。奴、好きな女がいたらしいのですが、その女が嫁に行くことになって落ち込んでいました。そしたら、その女に似た娘に出会い、また胸をときめかしてしまったんですよ。つまり、恋煩《わずら》いですよ」

「恋煩い？」

「へえ。いいですねえ、若いってのは。だから、ときたま、相手の娘がいる町に足を向けるけど、なかなかうまい具合に会えないって嘆《なげ》いていました」

「そうか。どんな女なのか。なんなら、わしが一役買ってもいいが」

「ほんとうですかえ。そうしていただけると助かります」

「まあ、あとで寄ってみる」

「それから、あっしを助けてくれた三之助さんは、あれからやって来ないんです。もう一度、礼を言いたいと思っているんですが」

「そうか」

半吉は三之助はここの女将の間夫だと言っていた。半吉はそのことを他の誰にも話していないようだ。

「では、これから半吉のところに行ってみる」

剣一郎はお鈴に銭を払い、外に出た。

半吉が『鈴野屋』に来ない理由が恋煩いとは不思議な気がした。もっと他に理由があるのではないか。三之助のことが原因か。

浜町堀にかかる千鳥橋を渡り、橘町一丁目の権太郎店に向かう。

長屋木戸を入る。路地は暗く、人気はない。どぶ板を踏み、奥に向かう。半吉の家はすぐわかった。戸障子に、曲物の器の絵が描かれていて、横に半吉という千社札が貼ってあった。

剣一郎は戸を開けた。

「半吉。いるか」

剣一郎は声をかけた。

「あっ。青柳さま」

吾平が言っていたように、行灯の脇で酒を呑んでいた。

「いま、『鈴野屋』に寄って来たところだ。吾平にきいたら、しばらく『鈴野屋』に来ていないというのでな」

半吉は上がり框にやって来た。

「どうぞ、汚いところですが」

「いや、ここでいい」

剣一郎は腰から刀を外して上がり框に腰をおろした。

「吾平は恋煩いだと言っていたが、ほんとうのところはどうなんだ？　ひょっとして、女将の間夫の三之助のことがひっかかっているのではないのか」

「じつは、そうなんです」

半吉はあっさり言った。

「三之助という男に何かあるのか」

「へえ。じつは、先日、得意先に品物を届けての帰り、本町通りで三之助さんを見かけたんです。連れがいました。羽織姿の四十ぐらいの風格のある男でした。気になって、あとをつけたら、浮世小路にある『松風』という料理屋に入って行きました」

「なに、『松風』に？」

とっさに文七の話を思いだした。

『松風』で沖田屋喜右衛門は二度ほど、扇屋駒之助という商人と会っていたという。女中も寄せつけず、ふたりだけで密談をしていた。

扇屋駒之助は四十絡みの男だというから、半吉が見た男かもしれない。

「へえ。あっしはそれから、『鈴野屋』が看板になったあと、様子を窺ってました。そしたら、まずふたりの男がやって来て、『鈴野屋』の裏口のほうに消えました。ひとりは、以前三之助といっしょに小上がりで呑んでいた男です。それから、しばらくして、四十絡みの男と三之助がやって来て、やはり『鈴野屋』の裏口に向かいました」

駒之助は喜右衛門の仲間なのだろうか。いや、だとしたら吾平殺しを三之助が邪魔するはずはない。それに、文七の報告では、ふたりは友好的な雰囲気ではなかったようだ。

「それからというもの、『鈴野屋』で呑んでいても、その連中の顔が過《よぎ》って落ち着かないんですよ。それで、ちょっと足が遠のいてしまったんです」

「そうか」

「青柳さま。あの『鈴野屋』はちょっと怪しいですぜ。三之助たちだって、とうてい堅気とは思えません」

「わかった。私も気になることがある。調べてみよう。だが、半吉」

「へい」

「もう、きょうから、三之助たちのことは忘れろ。『鈴野屋』の仲間たちと今までどおりに過ごすのだ。たとえ、女将の間夫がどんな人間であろうが、女将には関係ない」

「へい。わかりました。明日から、また『鈴野屋』に行きます」

「うむ。それがいい」

剣一郎はほっとしてから、

「ところで、恋煩いの話も、あながち間違いではないのだろう?」

「えっ。それは……」

半吉は俯いて頭をかいた。

「相手の娘の名前は?」

「それが知らないんです」

「知らない?」

「へえ。なにしろ、一度も口をきいたことがないので。何度か願かけをしているところを見ただけなんです」

「なんだ、見かけただけで恋煩いか」

剣一郎は微苦笑した。

「でも、熱心に拝んでいる姿を見て、胸が締めつけられたんです。きっと、お姉さんの無事を祈っていたのだと思います。いじらしい心根に何とか力になってやりたいと思ったんですが、あっしなんかじゃ……」

「お姉さんの無事？　どこに住んでいるのだ？」

「小舟町一丁目です。足が悪いらしく、足を引きずっていました」

「足を引きずる？　まさか……」

「ええ、吾平さんから聞いた、行方不明のおゆきさんの妹かもしれないと思ったのですが、よくわかりません」

「おしゅんに違いない」

「おしゅんさんですか」

「そうか、おしゅんさんのことを……。半吉。ほんとうのところ、どうなんだ？」

「どうって……」

半吉は俯いて、片方の腕をさすっている。

「もし、本気ならいいことだ。おしゅんには力になってやれる人間が必要だ。おしゅんに引き合わせもしよう」

「でも、あっしがよくても向こうが……」

「それはお互い知り合ってからのことだ。それに、おしゅんを愛おしいと思う気持ちがあるなら、結果など求めず力になってやったらどうだ。いや、よけいなことを言った。他人がとやかく言う問題ではない。ただ、何か力になれることがあれば、なんでもしよう」

「へい。ありがとうございます」

「うむ。そなたのおかげで手掛かりを得た。礼を言う」

「とんでもない」

恐縮している半吉に別れを告げ、剣一郎は土間を出て行った。

木戸を出てから、剣一郎は気持ちを引き締めた。『鈴野屋』を見張れば、沖田屋喜右衛門が会っていたという扇屋駒之助を見つけ出せるかもしれない。一歩核心に近づいたような手応えを感じながら、剣一郎は屋敷に戻った。

二

翌朝、剣一郎は作田新兵衛を屋敷に呼んだ。

差し向かいになってから、新兵衛が切り出した。

「申し訳ございません。いまだに、秀次の手掛かりは摑めませぬ」

「そんなに簡単に手掛かりが得られるとは思っていない。気にするな」

「はっ。母親が亡くなったあと、指物師の親方に拾われ、しばらく住み込みで見習いをしていたことがわかっているのですが、あるとき、そこを逃げ出して、それきり行方がわからなくなっていました」

「辛抱《しんぼう》しきれなかったのか」

「ただ、その親方は三年前の御酉様《おとりさま》で、秀次らしい若者を見かけたということです」

「親方は秀次だと思ったのだな」

「はい。駆け寄ろうとしたそうですが、いかんせんひとごみの中で追いつけなかったそうです」

「秀次が生きていることがわかっただけでも上等だ」

新兵衛をねぎらってから、

「じつは、秀次の探索をひとまず休んで、やってもらいたいことがある」

と、剣一郎は扇屋駒之助のことを話した。

「『松風』で、駒之助と沖田屋喜右衛門は二度会っている。二度とも女中を寄せつけず、密談していた。飯島彦太郎のほうと関係しているという証拠はないが、おゆきが失踪した事件の渦中でのふたりの緊迫した関係は気になる」

「わかりました。『鈴野屋』ですね」

「そうだ。女将はお鈴。間夫は三之助という男で、駒之助といっしょに『松風』に上がっている」

「わかりました。今夜から『鈴野屋』を張り込みます」

「頼んだ。その前に、『松風』を探索している文七からも話を聞くのだ」

「はっ」

庭先にひとの気配がした。

「来たようだ」

剣一郎は立ち上がって障子を開けた。

庭先に文七が待っていた。

文七にも、半吉から聞いた話をし、

「『鈴野屋』のほうは新兵衛にやってもらう。文七は引き続き、『松風』を探るのだ」

「はい」

「ゆうべは何か動きはあったか」

「はい。青柳さまが引き揚げられたあと、女将と飯島さまはなにやら話し込んでいたようです」

「そうか。きょうあたり、動きがあるやもしれぬ」

おゆきを監禁している場所を、確かめに行く。彦太郎の家来が行くのか、沖田屋の手の者が向かうのか。いずれにしろ、京之進は両方を監視しているだろう。

「文七」

新兵衛が声をかけた。

「扇屋駒之助について知っていることを教えてもらおう」

「はい」

文七は新兵衛に問われるまま話した。

午後になって、剣一郎は奉行所に出仕をした。今月月番の南町は門を八の字に開いているが、与力、同心らは右にある小門を入った。

敷石を踏み、玄関に向かいかけて、剣一郎はあっと声を上げそうになった。

玄関から引き返してきた武士は飯島彦太郎だった。

彦太郎は平然と近づいてきて、

「青柳どの。ゆうべはどうも」

と言い、口元を嘲笑のように歪めた。

「さっそく、付け届けでござるか」

剣一郎は皮肉をこめて言う。

「どこもやっておることを、私もやっているだけだ」

「しかし、このような時期には、誤解を招かれません」

「このような時期とは？」

「二十六夜待ちの夜に起きた事件のまだ渦中にあります」

「それは我らに関係ござらん」

「事件の探索にも付け届けなど関係ありません」

「さあ、どうであろうか。では、失礼いたす」

彦太郎はすれ違って門に向かった。

与力部屋に行くなり、剣一郎はすぐ宇野清左衛門に呼ばれた。長谷川四郎兵衛が呼んでいるのだと察した。

清左衛門のところに出向くと、

「長谷川どのがお呼びだ」

と、清左衛門は立ち上がった。

内与力の用部屋の隣にある小部屋で待っていると、おもむろに四郎兵衛がやって来た。

「青柳どの。丸山藩野上家に関してなにやら誤解をしているようだが、どういうことでござるか」

いきなり、四郎兵衛が切り出す。

「誤解と仰いますと?」

剣一郎は問い返す。

「留守居役の飯島彦太郎どのに何か疑いを向けているようではないか」

「さきほど、飯島どのとすれ違いました。長谷川さまに何を訴えに参られたのでしょうか」

「単なる時候の挨拶だ。そのついでに、そなたの話が出た」

「やはり、泣きついてきたのでございますね」

「そなたの無礼な振る舞いにお怒りだ」

「長谷川どの」

清左衛門が口をはさんだ。

「飯島どのは奥祐筆組頭花岡佐京之助どのへの賄賂攻勢の中で、おゆきという女の失踪と冬吉という男の殺しの疑いが生じました。いや、もはや疑いの域を超えております」

「宇野どのまで何を言うか。飯島どのの丸山藩と我が奉行所は長年に亘《わた》り、誼《よしみ》を通じてきたのだ」

この時間、お奉行はまだ城から戻っていない。留守の間、四郎兵衛はお奉行の名代という気でいる。

「恐れながら、我らは丸山藩との友好に水を差す気などまったくありません。ただ、事件の解明だけを考えております」

剣一郎は訴える。

「だが、そこで誤った判断をされているのではござらぬか」

「いえ、事件の中心に飯島どのがいることは間違いありません」

「だまらっしゃい」

四郎兵衛が癇癪《かんしやく》を起こしたように言う。

「よいか。たかが料理屋の女中の失踪とやくざ者の死ではないか。天下の丸山藩とは比べ物にならない。その辺をよう考えよ」

丸山藩からはかなりの金が奉行所に渡っているようだ。

「ひとの命に関わることは、なにより第一に考えねばなりません。丸山藩との友好関係が崩れることを恐れ、真実から目をそむけることは出来ません」

「で、では、なおも飯島どのへの探索を続けると申すのか」

四郎兵衛の唇《くちびる》がぶるぶる震えた。

「ほんとうに何ら関係ないなら、探索に協力をしていただいたほうが丸山藩にとっても、飯島どのにとってもよいはずではございませぬか」

「…………」

四郎兵衛は口をわななかせた。

「長谷川どの。事件の詳細を、私からご説明いたしましょう」

清左衛門が声をかけた。

だが、頭に血が上っている四郎兵衛の耳には入らないようだ。

「長谷川どの」

清左衛門は大きな声を出した。

はっと我に返ったように、四郎兵衛は目をぱちくりさせた。

「私から事件の詳細をご説明いたします」

清左衛門がもう一度言う。

「ええい、もうよい。午後、お奉行がお帰りになったら相談し、場合によっては青柳どのにいまの一件から手を引いてもらうようにする。よいな」

強引に言い放ち、四郎兵衛は部屋を出て行った。

清左衛門が呆れたように溜め息をついた。剣一郎も苦笑するしかなかった。だが、飯島彦太郎がそれだけ追い詰められていることを物語っているのだ。

そのことより、おゆきの監禁場所が見つかったかどうか気になる。部屋を出てから、清左衛門に挨拶をし、剣一郎は与力部屋に戻った。

「京之進どのから火急の知らせにございます」

当番方の若い与力が文を持参した。

そこには、入谷朝日弁財天《いりやあさひべんざいてん》の池の北、と書かれてあった。

それから一刻（二時間）後、剣一郎は入谷の朝日弁財天のある池までやって来た。池の真ん中に弁財天がある。

入谷田圃《たんぼ》から浅草田圃、吉原《よしわら》のほうまで一望出来る。西陽が射してきた。

池の北側に、黒板塀に囲まれた小粋な家があった。古いが、いかにも妾宅らしい。その家の近くに京之進がいた。

「青柳さま」

京之進が近づいてきた。

「今朝、沖田屋喜右衛門が駕籠でこの家までやって来ました。念のために、近くの医者を訪ねましたが、この家に往診した医者はいません」

「いない？」

おゆきは傷を負い、湯島天神門前にあるおせいの家の土蔵からこの家に移されたのだと思っていた。ならば、医者に診《み》せるのがふつうだ。医者に診せていないということは、おゆきは怪我をしてはないのか。

それともすでに……。

「ただ、男がふたり、住み込んでいます。ふたりとも二十七、八歳で、おでこの広い眉毛の薄い男と頰骨の突き出た男でした。吾平の言っていた男と特徴が一致します」

「このような場所に隠れていたのか。よし、踏みこんでみよう」

剣一郎は決断した。

「はっ」

裏手に手下を配し、京之進は門を開け、中に入った。ひっそりとしている。京之進は格子戸に手をかけた。

「誰かおらぬか」

戸を開けて、奥に向かって声をかけた。

しばらくして、老婆が出てきた。

「どちらさまで？」

「南町奉行所の者だ。訊ねたいことがある」

そのとたん、奥で物音がした。老婆が振り返った。

剣一郎は部屋を駆け上がった。おゆきを人質にし、抵抗されることを恐れたのだ。

京之進も続く。老婆の悲鳴が聞こえた。

剣一郎は襖を開ける。いきなり、ふたりの男が庭に飛び出した。裏口に向かったが、京之進が先回りをしていた。

「逃げられぬ。観念せよ」

ふたりは匕首を構えた。

「無駄なことはやめろ」

「ちくしょう」

おでこの広い眉毛の薄い男が突進してきた。剣一郎は匕首を躱し、素早く相手の手首を掴んでひねり上げた。

悲鳴を上げて、男は匕首を落とした。

もうひとりの男は京之進によってねじ伏せられた。京之進の手下が駆け込んで来て、ふたりに縄をかけた。

廊下で老婆が呆然としていた。

「ここに、おゆきという女がいよう」

剣一郎は老婆にきいた。

「いえ」

「隠すとためにならぬ」

京之進が声を強める。

「いえ、女のひとはいますが、名前は知らないんです」

老婆はあわてて言う。

「知らない？」

「はい」

「どうしてだ？　やはり、臥《ふ》せっているのだな」

剣一郎はきいた。

「はい。ずっと寝たきりです」

「医者は？」

「三日に一度、参ります」

「なんという医者だ？」

「わかりません。とても偉そうなお医者さまです」

「どこに住んでいる」

「わかりません。遠いところからいらっしゃるようです」

「駕籠でくるのか」

「そうです」

「その女に会わせてもらおう。案内せよ」

「はい」

剣一郎と京之進は老婆のあとに従った。

北側の陽の射さない陰気な部屋の前で立ち止まった。漢方薬の匂いが強くなった。

老婆が障子を開ける。ふとんに横たわっている女が目に飛び込んだ。頬はこけ、やつれが目立つ。首に包帯が巻かれている。

剣一郎は駆け寄った。

「おゆきか。おゆき」

耳元で声をかける。

何度か呼びかけて、女はうっすらと目を開けた。虚《うつ》ろな目だ。

「おゆきか」

しかし、反応はない。

「おしゅんが待っている。しっかりせよ」

目が微かに反応したようだが、すぐに元のような虚ろな目に戻った。

「三ノ輪《みわ》に、大竹永順《おおたけえいじゅん》という医者がいる。永順を呼べ」

剣一郎は京之進に命じた。

「はっ」

京之進はすぐに手下を呼んで、三ノ輪に走らせた。

大竹永順は御目見《おめみえ》医師である。いずれ、奥医師か御番医師になるだろうという有能な医者だ。剣一郎は顔見知りであった。

「食事をあまりとっていないのか」

剣一郎は老婆にきいた。

「はい。ほとんど召《め》し上がりません」

老婆は困惑したように答える。

「ここにやってくる医者は何と言っているのだ？」

「傷はかなりよくなっているそうで、気持ちの問題だそうです。生きる気力を失ってしまっているようだと」

「ここに連れて来たのは誰だ？」

「沖田屋の旦那さまです」

「何と言って連れてきたのだ？」

「病気の娘を養生させるので看病をして欲しいと。それ以上の詳しいことは話してくれませんでした」

「そなたは、沖田屋とはどういう関係だ？」

「『沖田屋』で先代の頃から下働きをしていました。旦那のお妾さんをここに囲うとき、私が奉公することになったのです」

「おせいという女か」

「はい。半年ここに住んでいただけで、もっとにぎやかなところのほうがいいというので、湯島のほうに新しく家を求めたようです。それからは、私と亭主とで、この家を守っています」

「さっきの男はどうしたのだ？」

「あの娘といっしょに旦那が連れてきたんです」

人声が聞こえた。

大竹永順がやって来た。薬籠を抱えた助手がついてきた。

「青柳さま。ご無沙汰《ぶさた》しております」

「すまぬな、呼び出して。さっそく、診てもらおう」

剣一郎はおゆきのところに案内をし、

「では、我らは隣の部屋にいる」

と言い、おゆきが寝ている部屋を出た。

「青柳さま。では、私はふたりを大番屋に連行いたします」

「うむ。そうしてもらおう。京之進。ふたりの話から証拠を得られたら沖田屋喜右衛門を大番屋に呼び出すのだ」

「はい」

「それから、おしゅんのところに使いを走らせ、おゆきが無事だったことを知らせてやってもらいたい。明日、おゆきのところに案内するために迎えに行くと」

「わかりました。では、さっそく」

京之進は勇躍して出て行った。

しばらくして、大竹永順がやって来た。

「いかがか」

剣一郎はきいた。

「喉の傷はだいぶ回復しております。ただ、あまりものを食べていないので栄養が不足し、体調を悪化させております。おそらく、喉の傷のために、食べ物が通るときに痛みが走り、なかなか食べられなかったものと思われます。ただ、いまは傷もだいぶ癒《い》えており、痛みは少ないはず。それなのに、食べられないのは気持ちの問題かもしれません。かなり、心に負担が生じるような出来事があったのではないかと察せられます」

「そうか。傷自体はもういいのか」

「はい。あと十日ほどで完治いたしましょう。ただ、傷跡は残ると思いますが」

と思える。

「そうか」

「あの傷は自分でつけたようでございますね」

「そうであろう」

花岡佐京之助に襲われたのであろう。そのあと、簪で喉をついて自殺を図《はか》ったもの

と思える。

酷《ひど》い、と剣一郎は唇をかみしめた。

「もしよろしければ、私のところで養生させていただきましょうか」

「動かせるか」

「はい。寝たきりなのは食べ物をとっていないので体力が落ちていることが原因でもありますが、それより動こうとする気力がないからです。喉以外は、体のどこかが悪いわけではありませぬゆえ。ただ、長い時間の移動はまだ無理でございます。私のところまでなら」

「よし、ではそうしてもらおう」

大竹永順のところなら安心だ。

「では、さっそく手配を」

大竹永順は立ちあがり、いったん自分の家に戻った。

「聞いた通りだ。この者を大竹永順のところで養生させる」

剣一郎は老婆に言う。

「でも、旦那さまに許しを得なくては……」

老婆は目をしょぼつかせた。

「沖田屋のことなら心配はない。私から話しておく」

「はい」

老婆はほっとしたように頷いた。病人の看病から解放されたとかえって喜んでいるようだ。

やがて、数人の男衆がやって来た。おゆきを移す支度が出来ていた。辺りはすっかり暗くなっていた。

三

剣一郎は三ノ輪から神田佐久間町にある大番屋にやって来た。

京之進がおでこの広い男を問いつめているところだった。安吉《やすきち》という名だという。

「どうだ？」

戸口までやって来た京之進に小声できく。

「それが……」

京之進はいまいましそうに続けた。

「武井益次郎《たけいますじろう》という侍に金で命じられただけだと訴えています」

「武井益次郎？　益次と名乗って吾平に近づいた男であろう」

「ええ。特徴も一致しており、まず間違いなかろうかと思います」

「沖田屋との関係は認めないのか」

「はい。沖田屋とは一度も会っていないということです」

「よし。わしからきいてみよう」

剣一郎は男の前に立った。

「冬吉の死体を大川に運んで沈めたことは認めるのか」

「へい。武井ってお侍に頼まれました」

「武井益次郎はどこの侍だ？」

「知りません」

「知らない？　庇《かば》っているのか」

「庇ってなんかいねえ。ほんとうだ」

安吉は憔悴《しょうすい》したような表情で答える。

「武井とはどこで知り合った?」

「大名屋敷の中間部屋で開かれている賭場《とば》です」

「どこの大名屋敷だ?」

「丸山藩野上家です」

「なるほど。で、武井益次郎から死体の始末を頼まれた。その密談を聞かれ、吾平を殺そうとしたことも間違いないか」

「へえ、間違いありません。でも、失敗したら、あとはいいからほとぼりが冷めるまで引っ込んでいろと言われ、中間部屋に潜《もぐ》り込んでいました。そのうちに、三ノ輪の家で女の見張りがてら住み込まされました。もっとも、女はずっと寝たきりでしたが」

「三ノ輪の家が沖田屋のものだとは知らなかったのか」

「ええ。住み込みの老婆から聞いてはじめて知りました」

「冬吉の死体はどこから運んだ?」

「湯島天神の前にある大きな家の庭からです。大八車《だいはちぐるま》に他の荷物と紛《まぎ》らして運びました」

「もう一度きく。沖田屋喜右衛門とは会っていないのか」

「ええ、会ってません」

「飯島彦太郎という武士を知っているか」

「いえ、知りません。あっしたちは一切、武井益次郎の指図で動いてましたから」

どうやら、安吉の言うことに嘘はないようだ。

安吉を仮牢に帰してから、

「沖田屋も飯島彦太郎も殺しに関しては自ら前面に出ていなかったようだ。場合によっては、一切の責任を武井益次郎に押しつけかねない」

と、剣一郎はいまいましそうに言う。

「冬吉を殺し、おゆきを手込めにしたのをすべて武井益次郎がやったことにしてしまうのですね。しかし、武井益次郎がひとりで罪をかぶるでしょうか」

「わからぬ。ただ、武井益次郎は冬吉を殺している。いずれにしろ、無傷ではいられない。だとしたら、何らかの餌《えさ》を条件に武井益次郎に因果を含ませるかもしれない」

「条件ですか」

「武井益次郎は藩士かもしれない。それに兄弟がいたらどうだ。丸山藩のほうで面倒をみるという条件を出されたら、益次郎は兄あるいは弟のために身を犠牲にするかもしれない」

「青柳さま。これから『沖田屋』に乗り込んで喜右衛門を捕らえましょう」

「いや。決定的な証拠がない限り、逃げられてしまう。おゆきの件はもう喜右衛門や飯島彦太郎の耳に入っていよう。善後策を練《ね》っているところに違いない」

剣一郎は焦りを覚えたが、

「ともかく、明日、喜右衛門から話を聞くのだ。その結果によって、飯島彦太郎のほうに手を伸ばす」

と、気持ちを奮い立たせた。

あとを京之進に任せ、剣一郎は大番屋を出た。

そして、元浜町の『鈴野屋』にやって来た。すでに五つ（午後八時）をまわっていた。

辺りに目を配ったが、新兵衛がどこにいるかわからない。戸口に立つと、にぎやかな声が聞こえる。

剣一郎は暖簾をくぐった。

「青柳さま」

半吉と吾平がほぼ同時に声を上げた。

「いらっしゃいませ」

お鈴がやって来た。

「すまない。きょうは客ではないのだ」

「いえ、構いませんよ」

お鈴は笑った。

「半吉、吾平。おゆきが見つかった」

「ほんとうですかえ」

半吉が顔を綻ばせた。

「だが、体が弱っていて、三ノ輪の医者の家でしばらく養生しなければならぬのだ。それで、おしゅんを三ノ輪まで連れて行きたい」

「私が連れて行きます」

半吉がすかさず言う。

「しかし、そのほうは仕事があろう」

「いえ、明日はお休みをもらいます。ずっと休んでいなかったので、親方も休んでいいと言ってくれていたんです。ほんとうです」

半吉はむきになって言う。

「そうか。だが、おしゅんは駕籠で行かねばならぬ」

「青柳さま。駕籠ならあっしたちに任せてくださいな」

権助がしゃしゃり出て来た。

「行ってくれるか」

「当たり前でさ」

権助と留蔵が同時に言う。

「よし、明日、おしゅんのところまで駕籠で行ってくれ。小舟町一丁目の太郎兵衛店だ。半吉、そなたは付き添《そ》ってやるのだ」

「へ、へい」

半吉は上擦《うわず》った声で言う。

「旦那。あっしは何をすればいいんでえ」

吾平が不満そうにきいた。

「吾平とっつあんは俺たちを見守っていればいいんだ」

権助が笑いながら言う。

「ちぇ、おもしろくもねえ」

「吾平にはいずれ役に立ってもらう」

剣一郎はなだめた。

「きっとですぜ。あっしだけ仲間外れなんていやですからね」

「誰もとっつあんを仲間外れにするもんか」

権助が言うと、吾平はやっと機嫌を直した。

「じゃあ、あっしはこれから親方のところにひとっ走りし、明日休みをもらってきます」

半吉は勇んで飛び出して行った。

「では、明日の朝、五つ（午前八時）ごろ太郎兵衛店に来てくれ」

「わかりやした」

「女将。すまなかった」

剣一郎は外に出た。

翌朝、剣一郎は小舟町一丁目の太郎兵衛店の路地を入った。納豆《なっとう》やあさり・しじみなどの棒手振《ぼてふ》りも引き揚げ、長屋の住民は朝飯を食べているところのようだ。

剣一郎はおしゅんの家の前に立った。気配を察したのか、すぐ戸が開き、おしゅんが顔を出した。どうやら、土間で待っていたらしい。

「青柳さま」

　おしゅんが顔を出した。

「聞いたと思うが、おゆきは無事だった」

「はい。とてもうれしゅうございます」

　おしゅんが喜びを露《あらわ》にした。

「おしゅん。よく聞くのだ」

「はい」

　おしゅんは生唾《なまつば》を呑み込み、緊張した顔になった。

「おゆきはいま、三ノ輪の大竹永順という医者の家にいる。おゆきは酷い目に遭い、心も深く傷ついている。そのため、食事が出来ず、窶《やつ》れている。生きる気力を失っているようだ。だが、医者の話では体には問題ない。気持ちの問題だけだ。そなたが看病をすれば、きっと元通りになる」

「はい」

「これから、半吉という男が駕籠屋といっしょにやってくる。半吉に大竹永順の家まで案内させる」

「おゆきもそなたの顔を見れば安心し、気持ちも変わるだろう。看病してあげることだ」

「はい」

路地にひとの気配がしたので、剣一郎は外に出た。

半吉が立っていた。

「ごくろう」

剣一郎は声をかけた。

「へい」

おしゅんも外に出て来た。

「おしゅん、いま話した半吉だ。何かあったら、この半吉に相談するのだ。力になってくれよう」

「半吉です」

少し照れながら半吉は頭を下げた。

「あっ、以前お会いした……。おしゅんです。よろしくお願いいたします」

おしゅんも頭を下げた。

「おしゅん。支度はいいのか」

剣一郎は確かめる。

「はい。着替えを持ってきます」

おしゅんは家に入ってすぐ、風呂敷包を持って出て来た。

「半吉、頼んだ。三ノ輪の大竹永順だ。そなたの話は通してある」

「はい。必ず」

半吉は張り切って言う。

「おしゅんさん。じゃあ、行きましょうか」

半吉がおしゅんに声をかけた。

「はい」

おしゅんは足を引きずりながら、半吉のあとに従う。

木戸の外に駕籠が止まり、権助と留蔵が待っていた。

「では、頼んだ」

剣一郎はふたりに声をかけた。

「青柳さま。任しておいてください」

権助が頼もしく応じた。

「さあ、お乗りください」

半吉がおしゅんに勧める。

「はい」

おしゅんが駕籠に乗り込んだとき、大家が出て来た。

「青柳さま。おゆきが見つかったそうで」

「うむ。これからおしゅんが会いに行くところだ」

「おしゅん。おゆきをいたわってやるのだ」

大家がおしゅんに声をかけた。

「では、行ってまいります」

半吉が剣一郎と大家に向かって会釈をし、権助たちに目顔で促した。

「えい」

先棒に権助、後棒に留蔵。ふたり同時に掛け声を上げ、駕籠を担いだ。

駕籠を見送ってから、剣一郎は大家に挨拶をし、須田町の『沖田屋』に向かった。

すでに京之進が『沖田屋』に行っているはずだ。

大通りに出て、剣一郎は須田町に向かう。空は青く澄み渡っているが、剣一郎は不安が消えなかった。

何かいやな胸騒ぎがする。思い過ごしであればよいがと、剣一郎は武井益次郎のことを思った。

すべての鍵《かぎ》は武井益次郎が握っている。

剣一郎は『沖田屋』にやって来た。店の前に、京之進の手下が立っていた。

「青柳さま」

手下が頭を下げる。

「京之進は中か」

「はい。まだ、出てきません」

「よし」

剣一郎が店に向かおうとしたとき、京之進が出て来た。血相を変えている。

「どうした？」

「あっ、青柳さま。いま、湯島天神前のおせいの家を見張っていた者からの使いが来て、おせいの家で武井益次郎が腹を切ったと知らせてきました」

「しまった」

剣一郎は愕然《がくぜん》とした。恐れていたことが現実のものになってしまった。

「喜右衛門はどうだった？」

「予想どおり、何も知らないの一点張りです。知らせを受け、喜右衛門もおせいのところに向かうそうです」

「ともかく、行ってみよう」

「はい」

剣一郎は京之進とともに湯島天神に向かって急いだ。

四

おせいの家に向かうと、飯島彦太郎が駆けつけていた。

「ごくろうでござる」

剣一郎の顔を見て、彦太郎が厳しい顔で言う。

「どうしてここに?」

「武井益次郎から呼ばれたのだ」

「武井どのは野上家の家臣でござるのか」

「さよう。私の下で働いていたものだ。ぜひ、ここに来てくれと言うので、やって来た。そして、すべてを打ち明けてくれた。その上で腹を切った。まずは、こちらに」

彦太郎は剣一郎と京之進を庭に案内した。

土蔵の近くで、前屈《かが》みに倒れている侍がいた。脇差《わきざし》を手にしていて、膝《ひざ》に血が流れていた。絶命していることは明らかだった。

京之進が死体を検めた。偽装の工作はなさそうだった。

「飯島どの。詳しいお話をお聞かせくだされ」

剣一郎は彦太郎に鋭い目を向けた。

「武井益次郎は二十六夜待ちの夜、ここに仲間を連れてやって来たそうだ。その中に、『松風』の女中おゆきがいた」

「おゆきを誘ったのは武井益次郎だと仰るのですか」

「さようでござる。益次郎はおゆきに懸想《けそう》をしていた」

「しかし、なぜ、武井どのがおゆきを知っているのですか」

「私が『松風』に行くときは必ずお供で付いてきた。そこで、おゆきを見ていたのだ」

「しかし、おゆきが武井どのの誘いで二十六夜待ちに行くとは思えない。『松風』の女将の口添えがなければ、おゆきは誘いに乗るはずはない」

「しかし、現におゆきは益次郎の誘いに乗っている」

彦太郎は厚かましく言う。

「二十六夜待ちの夜、ここにやって来たのは飯島どの、沖田屋喜右衛門、それに花岡佐京之助どのではなかったのでは?」

「青柳どのの勝手な思い込みだ。益次郎が自分の知り合いを招いて、ここで宴を開いたのでござる。我らは関知しておらぬ」

「武井どのはそんな勝手が許されるのですか」

「いや、許されぬ。だが、あの者は陰で好き勝手にやっていたからな。だから、あの者がどんな連中をここに招いたのかは我らはまったく知らない」

彦太郎はすべての責任を武井益次郎に押しつけている。

「おゆきのあとをつけてきた冬吉を斬り殺したのは武井益次郎に違いないでしょう。そして、野上家の中間部屋で開かれている賭場で知り合った安吉らに死体の始末をさせたのも益次郎です。ですが、おゆきを手込めにしようとしたのは違います」

「しかし、益次郎は自分の仕業だとはっきり言った」

「それを聞いたのは、飯島どのだけですね」

「いや。おせいどのも聞いている」

「おせいどのは沖田屋喜右衛門の世話を受けている身。いわば、身内に等しい間柄であれば、信用することは出来ませぬ」

「信用してもらうしかないがな」

「おゆきをここの土蔵から三ノ輪の喜右衛門の別宅に移したのはどういうわけでございましょうか」

「さあ、わからぬが、病気が重くなったからではありますまいか」

「三日ごとに医者が来ていたそうです。それも遠くから。ひょっとして、飯島どのが藩医を往診に行かせていたのではないかと思ったのですが」

「わしはそんなこと知らぬ」

「武井どのが藩医を送ることが出来ましょうか」

「出来ぬ。だから、藩医ではないのだろう」

「もし、おゆきが無事に回復し、何もかも喋ったら、真実が明るみに出ると思いますが」

「いや。おゆきが何を喋ろうが、その内容に信憑性《しんぴょうせい》があるかどうかだ。おゆきの話と私の話のどっちを信用するかということになる」

彦太郎は含み笑いをし、

「ともかく、野上家の家臣がこのような罪を犯したことは、詫びをしなければならぬ。わしとて、裏切られた思いで心外だ」

「つかぬことをお伺いいたしますが、武井益次郎どのにご兄弟は？」

「弟がいるが」

「このような不祥事を起こしたからには、武井家はとうぜん改易になるのでしょうね」

剣一郎は彦太郎の表情の動きを見逃さないように凝視《ぎょうし》する。

「いや、これまでの御家に対する貢献がある。その点は加味されよう」

「貢献とは、罪を一身に受けて死んでいったということですか」

「何を言うか。青柳どのは我らに偏見をお持ちのようだ」

彦太郎は冷笑した。

「いえ、我らは真実を追求しているだけです。そのためにはどこまでも突き進んで行くつもりです」

「真実もなにも、目の前にある事実が真実ではないのか。武井益次郎は罪を認め、切腹して果てた」

「しかし、強いられた自害ということも考えられます」

「ばかな」

「武井益次郎は自分が罪を背負うことで、自分の家の安泰を保証してもらう。そんな約束があったとしたらいかがでしょうか」

「そんなものあるはずはない」

「日光東照宮の営繕工事の割り当てはいかがなりましたでしょうか」

「そのようなことはそなたに関係ない」

「花岡佐京之助どののさじ加減ひとつで割り当てが左右されるとしたら由々《ゆゆ》しきこと」

「何、たわごとを」

彦太郎は余裕の笑みを浮かべた。

剣一郎はおせいに向かい、

「二十六夜待ちの夜といい、今回といい、どうして武井益次郎に部屋を貸したのだ？誰に対してもそうなのか」

「いえ、武井さまは飯島さまの名を出して半ば威すように言うので、仕方なく……」

おせいはしおらしく言う。

「土蔵にしばらくおゆきが閉じ込められていたことを知っているな」

「はい。武井さまから面倒をみるように言いつかりましたので」

「そのことは沖田屋には話したのか」

「いえ。話すなと言われていましたから」

「庭で、冬吉という男が殺されたことを知っているか」

「いえ、まったく知りませんでした」

すでに、口裏を合わせてあるのだ。

そこに、沖田屋喜右衛門がかけつけてきた。

「これは飯島さま」

沖田屋は彦太郎に挨拶をする。

「沖田屋。このたびは、武井益次郎がとんでもないことをしでかして申し訳なかった」

彦太郎がわざとらしく言う。

「いえ。それにしても、武井さまがこのようなことになろうとは……。まったくわからないものです」

沖田屋も合わせる。

やがて、奉行所から検死与力がやって来て、剣一郎はその場を離れた。

剣一郎は湯島から三ノ輪に向かった。

山下《やました》を通り、入谷に差しかかる。

武井益次郎は飯島彦太郎の指図のまま動いていたのだ。益次郎は自ら罪を背負って死んでいった。

益次郎に死なれたことは、剣一郎にとって大きな痛手だ。もともと、状況証拠だけだった。彦太郎が言うように、今後、おゆきが回復して真実を語ったとしても、信用される可能性は低い。

三ノ輪に入り、大竹永順の家にやって来た。

薬待ちや診察待ちの患者で混み合っている。剣一郎は助手の男に案内されて、奥の部屋に行った。

おゆきを囲んで、おしゅん、半吉、それに権助と留蔵がいた。

「どうだ？」

「はい。だいぶ落ち着いています。さっきは、私のことがわかったみたいで、少し笑いました」

「そうか。よかった」

しばらく、おゆきの顔を見つめてから、剣一郎は半吉に目を向け、

「半吉、ごくろうだった」

と労《ねぎら》い、さらに権助と留蔵には、

「いいのか、ここにいて。商売は？」

と、心配した。

「きょうは休みです」

権助が言い、

「また、帰りにはおしゅんさんを乗せて行きますから」

と、留蔵が付け加えた。

「そうか。頼もしいぞ」

「へい」

しばらく雑談していると、さっきの助手が呼びにきた。

剣一郎は立ち上がって、療治部屋に行った。大竹永順が待っていた。

「青柳さま」

永順が小さく口を開いた。厳しい顔つきに、剣一郎は身構えた。おゆきの容体が何かまずいことになっているのか。

「おゆきの食欲がないのは気持ちの問題だと申し上げましたが、調べたところ、どうやら砒素《ひそ》を少しずつ飲まされていたようです」

「なに、砒素だと」

「はい。時間をかけ、徐々に死に至らしめようとしたものと思えます」

「なんと」

飯島彦太郎め、医者に砒素を飲ませるように指示をしていたのだ。許せぬ、と剣一郎は改めて怒りに身内が震えた。その医者は飯島彦太郎が送り込んだ者だとわかりながら、証拠はなく、責めることは出来なかった。

大名家の家臣飯島彦太郎の追及には支配違いという大きな壁がはだかっている。武井益次郎が一身に責任をかぶって自害したいま、剣一郎は無力だ。

飯島彦太郎と沖田屋喜右衛門の高笑いが聞こえてきそうだった。だが、どこかに攻め手があるはずだ。剣一郎は必死に考えた。

彦太郎を崩すことが出来なければ、沖田屋だ。喜右衛門の防御も完全だ。それでもどこかに綻びがあるはずだ。

（扇屋駒之助……）

ふと、剣一郎の脳裏にその名が閃いた。

沖田屋が『松風』で秘《ひそ》かに会っていたのが扇屋駒之助だ。これまで、わかっているだけで会っていたのは二度。

駒之助とは何者なのか。何のために、ふたりは会っていたのか。飯島彦太郎の贈収賄事件との関わりがあるのか。

剣一郎は三ノ輪の大竹永順の家をあとにし、上野方面へ急ぎながら、そのことを考え続けた。

ふたりの話し合いは秘密めいていた。あの時期に秘密めいた話し合いとは……。

待てよ、と剣一郎の脳裏を何かが掠《かす》め、思わず立ち止まった。掠めたものの正体を確かめようとした。

あっ、と思った。なぜ、このことを失念していたのだと、剣一郎は自分を叱った。

橋尾左門が『松風』で月影の駒吉を見かけたという話だ。少し肥えて貫禄が出て、どこぞの商家の主人ふうで見違えたということだった。

沖田屋喜右衛門と会っていた扇屋駒之助とは月影の駒吉のことではないのか。さらに、あることが蘇る。

長谷川四郎兵衛がこう言った。ある旗本の奥方が浅草の奥山で財布を盗まれた。その中に、大事な文が入っていたと。

剣一郎は奉行所に急いだ。

半刻（一時間）後に、奉行所に戻った剣一郎は宇野清左衛門に会い、財布を掏られた旗本の奥方の件を話した。

「その旗本が誰であるか、知りたいのです。長谷川さまに掛け合いくださいませぬか」

「先日、長谷川どのに調べてもらうように頼んだが、それきりになっていた。わかった。長谷川どのにきいてくる。青柳どのにはここで待っていてもらおう」

「わかりました」

剣一郎の顔を見ると四郎兵衛が依怙地《いこじ》になるかもしれなかった。

清左衛門が内与力部屋に行った。奥方が掏られてあわてているのは恋文かなにかかと考えたが、もっと別のものだった可能性がある。

その旗本の名がわかればすべてつながるのだ。

清左衛門が戻って来た。

「わかりましたか」

「わかった。花岡佐京之助どのの奥方だそうだ」

「やはり」

「見当がついていたのか」

「はい。ここに突破口があるかもしれません」

剣一郎は勇躍して、これまでの経緯を話した。

夕方、奉行所に戻って来た京之進にも、掏摸の件を話した。

「花岡佐京之助の奥方が大事な文が入った財布を掏られたことがあった。掏ったのは千手観音一味であろう。そして、千手観音一味のかしらは月影の駒吉だと思われる」

「………」

「料理屋の『松風』で沖田屋喜右衛門が会っていた扇屋駒之助こそ月影の駒吉に違いない。駒吉はその文をもとに飯島彦太郎を揺すっているのだろう。おそらく、文というより、賄賂の品物を記した書き付けだ」

その書き付けには、花岡佐京之助の奥方への贈物の一覧があり、飯島彦太郎の署名があったのではないか。

「沖田屋は彦太郎の名代として駒吉に会っていたということですか」

「そうに違いない。正式に金と書き付けを交換する場には、飯島彦太郎も同席するはずだ。そのときが、彦太郎の悪事を暴く好機だ」

「わかりました。飯島彦太郎を見張ります」

「うむ。わしのほうは扇屋駒之助こと月影の駒吉を見張る。じつは、元浜町の『鈴野屋』という居酒屋に一味が集まっている」

剣一郎の説明に、京之進が心を高ぶらせているのがわかった。

五

ようやく、扇屋駒之助こと月影の駒吉が動きだしたのは九月に入り、さらに七日になってからだった。

暮六つ（午後六時）の鐘を聞いて、駒吉と三之助とふたりの若い男を交えた四人が、浅草福井町一丁目にある駒吉の隠れ家を出た。

浅草御門を抜ける。正面に上弦の月が出ていて、四人の姿を明るく映し出している。剣一郎と新兵衛は四人のあとについて行く。

新兵衛が『鈴野屋』を張っている間、何度か三之助がやって来た。そして、引き揚げる三之助を尾行して、福井町一丁目の駒吉の家を見つけたのである。

だが、駒吉はなかなか動かなかった。飯島彦太郎との取引は思い違いだったのか、あるいはすでに済んでしまったのか。そんな不安と焦りを覚えながらきょうまで待ち、ようやく動きだしたのだ。

四人は馬喰町《ばくろちょう》に入った。その頃より、駒吉は一番若い男といっしょに前を行き、少しおくれて三之助ともうひとりの若い男が辺りを用心深く見回しながらついて行く。

鉄砲町《てっぽうちょう》を過ぎ、伊勢町堀のほうに曲がる。三之助たちから遅れて曲がる。

「どこに行くんでしょうか」

新兵衛が不思議そうに言う。

四人は伊勢町堀沿いを行き、江戸橋を渡った。

「やっ、八丁堀のほうに行きます」

江戸橋を渡り、本材木町《ほんざいもくちょう》一丁目に差しかかったと思ったら今度は楓川にかかる海賊橋《かいぞくばし》を渡った。

「そうか。八丁堀の近くを取引場所にしたのかもしれない」

剣一郎は思いついた。

「茅場町薬師《かやばちょうやくし》か」

「そのようなところで取引ですか」

新兵衛は不審そうに言ったが、やがて、駒吉と若い男が茅場町薬師の境内に入った。だが、三之助ともうひとりの男は境内に入らず、周辺を歩き回った。

「どうやら、警戒をしているようだ」

飯島彦太郎が刺客を用意していることを考えているのだ。

三之助は境内の脇の暗がりに身をひそめ、若い男は海賊橋が見通せる辻に立った。

剣一郎と新兵衛は境内と若い男が見通せる商家の脇の路地に身を隠した。上弦の月はだいぶ移動していた。

五つ（午後八時）近くなって、海賊橋が見通せる辻に立っていた若い男が指笛《ゆびぶえ》を鋭く鳴らした。

やがて、頭巾《ずきん》をかぶった武士が供の侍ふたりとともに現れた。その後ろに、中間ふうの男がふたりで棒に吊《つ》るした荷物を運んでいた。

「千両箱のようですね」

新兵衛が言う。

月に映し出された頭巾の武士は飯島彦太郎に違いないと思った。

彦太郎らが茅場町薬師の境内に入った。あとから、彦太郎を尾行してきた京之進が現れた。

そのとき、鋭く指笛が鳴り響いた。若い男が駒吉に知らせたのだ。

「まずい。踏みこむ。狙いは、書き付けだ」

剣一郎と新兵衛は境内に入った。

薬師堂の近くに人影があった。

「ふたりとも、そのままに」

剣一郎は鋭い声を発して近づく。駒吉が急いで手にしていたものを懐にしまったのが見えた。

「飯島どのでござるな」

剣一郎は頭巾の武士に言う。

「私に何の用だ？」

怒りから声が震えている。

「ここで何をなさっておいでか」

「薬師堂に願いごとだ。そなたに説明する謂《いわ》れはない」

「では、こちらの御仁とは？」

「知らぬ。たまたま、ここに来合わせただけだ」

「さようでござるか」

「わかったら、去られよ」

「わかりました。なれど、我らはこちらの男に用がございます」

剣一郎は駒吉に顔を向けた。

「扇屋駒之助こと月影の駒吉だな」

「いえ、私は駒吉ではありませぬ」

「おや、しらを切る気か」

「そもそも、私に何の疑いが？」

「掏摸だ」

「これは妙な。私がいつそのような真似を。掏摸は現行犯でなければ捕まえることは出来ないのでございませぬか」

「さよう。その前にきくが、そなたはこちらの飯島どのを知っているのか」

「いえ、さっきはじめてお会いしました」

「そうか」

剣一郎はにやりと笑い、

「では、懐を検めさせてもらう」

と、駒吉に言った。

「違えるも何もありませんぜ。ご覧のような始末だ。もう、どうあがいたって、どうしようもありません」

駒吉は懐から書き付けを取り出した。

「青柳さま。これでございます」

剣一郎は受け取った。

想像したとおり、絹《きぬ》の着物、象牙《ぞうげ》や鼈甲の簪、笄《こうがい》などの品物が書きつらねてあり、花岡佐京之助どのになにとぞよしなにと書き添えられ、丸山藩野上家飯島彦太郎という署名と花押《かおう》が押してあった。

「配下の若い者が日本橋の近くで掏ったものです。しかし、返すことが出来ずに、持ち帰りました。財布の中味を調べ、文を見つけました」

「これで、飯島どのを恐喝したのか」

「はい。付け届けの品だとわかりました。上屋敷にお訪ねにあがると、『松風』を指定されました。代わりに、沖田屋さんが現れました。金は沖田屋が支払うと仰いましたが、私はあくまでも飯島さまとの取引でなければ応じないと突っぱね、ようやく今夜に至ったわけでございます」

「そのようなもの、なんでもない。前にも言ったように、どの藩の留守居役も奥祐筆には付け届けをしている。それしきのことでは恐喝のネタにはならぬ」

「そうでしょうか。もし、この文が公表されたら、花岡佐京之助どのは、日光東照宮の営繕工事から丸山藩の割り当てを外すことは出来なくなりましょう。もし割り当てを外したら、賄賂をもらっているから便宜《べんぎ》を図ったと周囲から見られてしまう。賄賂のことで制裁は受けないが、営繕工事に割り当てられる公算は極めて高くなってしまう。だから、この文の存在は大きかった。違いますか」

「わしは我が藩のために働いているのだ。その邪魔だてをするのは、いくら青痣与力といえど僭越《せんえつ》ではないか」

彦太郎は声を震わせた。

「藩のためなら他人を犠牲にしていいとお思いですか。我らは、おゆきの失踪と冬吉殺害の下手人を探しているのです」

「そのことはすでに解決しているではないか」

「武井益次郎ひとりに罪をなすりつけ、さらにおゆきに砒素を与え、病気に見せかけて殺そうとしたこと、誠に卑劣《ひれつ》だ。人道に悖《もと》る」

剣一郎の激しい言葉に、彦太郎は目眩《めまい》に襲われたようによろけた。やっと、踏ん張って立ち直ってから、

「仕方なかった。奥祐筆組頭の花岡佐京之助どのの要求を拒むことは出来なかった」

と、彦太郎は吐き出すように言った。

「だから、おゆきを差し出したのか」

「さんざん、金をせびったあげく、おゆきが欲しいと言い出した。それで、『松風』の女将に相談をした。それなりの金銭的な補償をすることで協力をしてもらった」

「女将は、おゆきを売ったということか」

剣一郎は蔑《さげす》むように言う。

「で、二十六夜待ちの夜、何があったのだ？」

「月が出たあと、花岡どのはおゆきを奥の部屋に連れ込んで手込めにしようとした。そこに、冬吉という男が乗り込んで来た。おゆきは俺の女だと叫んでいたが、おゆきの様子からは男のひとりよがりだと思った。騒ぎに、武井益次郎が駆けつけて冬吉を斬り捨てたが、おゆきが泣き喚《わめ》くことはなかった。冬吉の死体を庭に隠し、翌日、益次郎が大川に捨てさせた」

「殺しの現場を見たおゆきを殺さなかったのは花岡どのがまだおゆきに未練を持っていたからでございますね」

「そうだ。あの御仁はおゆきに夢中になっていた。だから、土蔵に閉じ込めた」

「そのとき、妹のおしゅん宛に手紙を書かせたのか」

「妹が心配しているからと文を届けてくれと哀願された」

「だが、その手紙を届けなかったのだな」

「そうだ。有効なときに使おうと思ってとっておいた」

「おゆきが自害を図ったのはいつだ？」

「二十日ほど前だ。花岡どのが手込めにしようとして抵抗した。そのとき、簪で自分の喉をついた。すぐ花岡どのが飛び掛かって止めたが、簪で喉が切れた。わしの屋敷に連絡があったので藩医を遣わせた」

「だが、吾平の襲撃に失敗し、このままおゆきを生かしておくことは危険だと思い、藩医に砒素を盛らせ、病死に見せかけて殺そうとしたのか」

「しばらく、土蔵で養生をさせていたが、花岡どのはおゆきを始末しろと迫った。だから、三ノ輪の沖田屋の別宅に移し、殺そうとした」

「おゆきが回復すれば、すべては明るみに出る。その前に、真実を語っていただきたい。そうしなければ、御家に傷がつきましょう」

「花岡どのが言うように、一思いにおゆきを始末しておけばよかった……」

彦太郎は自嘲ぎみに笑った。

「後日、大目付を通して召喚《しょうかん》することになりましょう。これで、日光東照宮の営繕工事、杉並木の保全工事など、丸山藩に割り当てられることになりましょう。いまから、その手当をなさいますよう」

剣一郎はいったん彦太郎を屋敷に帰すことにした。

「飯島どの。これだけは強く言っておきます。決して自害などいたしてはなりませぬ。自害しても、状況は変わりません」

彦太郎は呻《うめ》き声を発して肩を落とした。

引き揚げる彦太郎を見送ってから、剣一郎は駒吉に向かい、

「三之助を含めた三人はみな、そなたの手下か」

と、きいた。

三之助とふたりの若い男が、いつの間にか駒吉のそばに寄り添うように立っていた。

「さようでございます」

「『鈴野屋』の女将も仲間か」

一瞬間を置いてから、

「さようでございます。それですべて」

　と、駒吉は答えた。

「この十年間、月影の駒吉は掏摸を働いていない。すべて、手下にやらせていたということか」

「はい。私も三十を過ぎてから動きが鈍くなりました。財布を掏ることは出来ても、以前のようなわけにはまいりません。それで、若い者に教え、育ててまいりました」

「手下はどういう人間だ？」

「親に捨てられたりした孤児ですよ。みな、子どもの頃から面倒を見て、掏摸の技を教えてました。ですが、三之助も三十になり、だんだん技も衰《おとろ》えていく。私らのように、技でひとさまの懐を狙うまっとうな掏摸の寿命は短いものでございます。三十過ぎても続けていたら、きっといつか失敗をし、お縄になる。それで、三之助が三十で引退するのを機に、全員足を洗わすことにしたのです」

「あれほど頻繁に掏摸を働いていたのは、堅気になるための元手を稼ぐためだったのか」

「はい。お鈴にはお店を持たせました。他の三人にも、生きていくためにたつきを用意しなければなりませんので」

「だが、ぴたっと鳴りを潜めたわけは、この文にあったのだな」

「はい。この文をネタに金を脅《おど》し取ろうとしたのです。目標にしていた金額がいっきに稼げますから」

「その文を掏摸取ってくれたおかげで、飯島彦太郎と花岡佐京之助の悪巧《わるだく》みが露顕《ろけん》した。だが、ひとのものを掏ったことは許されざることだ」

「はい」

「掏ったのは私です。私がお裁きをお受けします」

一番若い男が名乗り出た。細面の目許の涼しげな二十二、三歳の男だ。

「私が勝手に掏摸を働いたんです」

「よせ、秀次」

駒吉がたしなめるように言う。

「秀次？」

剣一郎は聞き咎めた。

「そうです。吾平さんの息子ですよ」

三之助が口をはさんだ。

「いつから知っていたのだ？」

「『鈴野屋』で呑んでいるとき、吾平さんの話が聞こえました。まさかと思いましたが、いちいち符合します。だが、こっちも今は大事な取引を控えている。だから、言えませんでした」

「秀次のために吾平を助けたのか」

「へい」

三之助は大きく頷いた。

九月十三日。十三夜、あるいは八月十五日の名月に対して「後の月」ともいう。また、月の供え物に枝豆や栗を用いるので豆名月・栗名月ともいわれる。

三蔵親方の家でも、十五夜のときと同じ供え物をした。十五夜だけで十三夜にやらないのは「片月見」といい、忌み嫌うことなので、半吉もいっしょに祝い、団子を馳走になった。

六つ半（午後七時）をまわって、半吉は親方の家を出た。

そして、元浜町の『鈴野屋』に寄った。

相変わらずの喧騒の中で、吾平がちびりちびり酒を呑んでいた。半吉は吾平の横に立った。

「吾平さん。何をしているんだ。きょうは十三夜だ」

「もういいんだ」

吾平は寂しそうに笑った。

「何がいいんだ。きょうは行者の予言の最後の日だ」

「だから、もういいんだ」

「えっ？」

「俺ならもうだいじょうぶだ。伜に会えずとも生きていける。伜の面影を追いすぎていたから会いたいと思ったが、会えるわけがない。それに、どの面下げて会えるって言うんだ。こんな無責任な親父がだ」

「ほんとうにいいのか。後悔するぞ」

「仕方ないさ」

苦そうな顔で、吾平は酒を呷《あお》った。

「でも、せっかくの十三夜だ。来るか来ないかわからないが、ともかく行ってみよう。なあ、吾平さん」

「無駄だ」

「無駄でもいいじゃねえか。月を見るだけでも」

「そうよ、吾平さん」

お鈴が近寄って来て言う。

「十三夜のほうが十五夜よりきれいだというわ」

ひと月経ち、季節は晩秋。夜気も冷えて、月影もさやかだ。

「そうだ。ともかく浜町堀に行こう。十五夜には行ったんだ。きょう行かないのは片月見だぜ」

強引にこじつけて、吾平を引きずり出した。

「わかった、わかった」

根負けしたように、吾平は立ち上がった。

「ちょっとの間だけだ。女将、また帰ってくるから、このままにな」

「わかったわ。行ってらっしゃい」

半吉は吾平を引っ張って浜町堀に行った。

浜町堀には十五夜のときと同じように月見の客がたくさん来ていた。大川の上空にまん丸な月が皓々と照っていた。

「見ねえ、いい月じゃねえか」

半吉は言う。

「ああ」

吾平は気のない返事をした。

「もう、いいだろう。帰ろう」

「来たばかりじゃねえか。もう少しいたっていいだろう」

「月より団子だ。俺は月より酒の方がいい。おめえだって、俺と月を見るより、おしゅんさんと見たらどうだ？　そのほうが断然いい」

「あとで、行くからいいんだ」

「あとで？　何ばかなことを言っているんだ。俺などかまってないで、早くおしゅんさんのところに行ってやれ。さあ、引き揚げだ」

「待ってくれ」

半吉は吾平の腕を摑んだ。

「もう少し……」

半吉は声を止めた。

「吾平さん。こっちを見てみろ。大川のほうだ」

浜町河岸をゆっくり歩いて来る男がいた。月明かりが着流しの男の姿を浮かび上がらせている。

「若い男だ。吾平さん。どうだ、違うか」

「ばかな。そんなことがあるはずねえ」

吾平は目を凝らした。

男はだんだん迫って来た。

「秀次……」

吾平が震える声で言う。

「わかるのか」

「わかる。二十年ぶりだが、面影がある」

秀次が吾平の前で立ち止まった。

「おとっつあんか。秀次だ」

「秀次……。夢か、こいつは夢か。それとも俺の頭がどうかしちまったのか」

「夢じゃねえ。おとっつあん、会いたかったぜ」

「秀次」

吾平が秀次にしがみついていた。

秀次がやって来た方角に武士が去って行く姿が見えた。青痣与力だ。

秀次は掏摸だった。旗本の奥方から財布を抜き取った疑いでお縄になったが、敲《たた》きの刑で、きょうお解き放ちになったのだ。青痣与力のおかげだ。

青痣与力から秀次のことを聞かされたとき、半吉はまさしく運命だと思った。まさか、身近に秀次がいたとは想像さえしなかった。

お鈴は吾平たちの話を聞き、秀次に確かめた。父親の名前が吾平だといい、別れたときの状況も吾平の話と一致していたという。

親子が抱き合っている姿を目に焼き付け、半吉は浜町堀を離れ、小舟町一丁目の太郎兵衛店に急いだ。

長屋木戸を入り、おしゅんの家の腰高障子を開ける。

「おしゅんさん。遅くなった」

半吉は息せき切って言う。

「さあ、こっちにきて」

土間と反対側の障子の前に小机が置かれ、その上に花瓶《かびん》に芒、お酒と団子が供えられていた。三蔵親方の家の供え物から比べればだいぶ質素だが、おしゅんが精一杯用意したものだと思うと、なによりも美しく思えた。

「障子、開けるわ」

おしゅんが障子を開くと、月影がさっと部屋に射した。

「きれい」

おしゅんが半吉の横に座って言う。

「ああ。きれいだ。こんな青みがかってきれいな月は生まれてはじめて見る」

半吉は胸を打たれた。

「姉さんも、三ノ輪でお月見をしているかしら」

おゆきはまだ大竹永順の家で治療を受けているが、今月末には家に戻れるまでに回復していた。

おしゅんの横顔を見ていて、胸の底から突き上げてくるものがあった。

「おしゅんさん。俺……」

「なに？」

「俺、俺の嫁さんに……」

半吉は思い切って打ち明けた。

微かに頷くおしゅんの顔を、半吉は上気したように見つめていた。

その頃、屋敷に帰った剣一郎は着替えてから居間に行った。

多恵に剣之助、志乃、るいにまじって、なぜか橋尾左門もいて月見の宴を開いていた。

「なぜ、おぬしがいるのだ？　自分の家のほうはいいのか」

「ああ、こっちのほうが楽しい」

左門はご機嫌で酒を喉に流し込んだ。

剣一郎はるいの酌で酒を呑み、

「今宵の月はまことにいい月だ」

と、しみじみ呟く。

吾平と秀次が抱き合っている姿が目に焼きついている。駒吉をはじめ、三之助以下全員、掏摸から足を洗うと約束をした。

花岡佐京之助の奥方の財布を盗んだ秀次だけはお縄にしなければならなかった。秀次の証言のおかげで、佐京之助に対する飯島彦太郎の贈賄が明らかになり、花岡佐京之助は奥祐筆組頭をやめさせられ、丸山藩野上家に日光東照宮の営繕工事の割り当てが決まることは確実になった。

おゆき監禁の件と冬吉殺害についてはおゆきの証言により、花岡佐京之助と飯島彦太郎の罪は重いとされたが、すでに武井益次郎が一身に罪をかぶって死んでいることもあり、あえてふたりはその件での罪を問われなかった。これも、日頃、飯島彦太郎が奉行所や御目付などに付け届けを欠かさなかった結果であろう。

このことに剣一郎は不満だったが、花岡佐京之助と飯島彦太郎もこれで表舞台から引き下がらざるを得ず、これからは罪を償っての逼塞《ひっそく》生活になる。それが、制裁であった。

今回の事件では、直接に関係ない冬吉が犠牲になったが、冬吉はおゆきに一方的に夢中になっていた。おゆきを絶対に自分のものにすると親しい仲間に話していた。二十六夜待ちの夜に冬吉は思いを遂げようとしたのだ。それで、おゆきのあとをつけて行ったのだ。

「おゆきという娘はよくなっているのか」

左門がふと思いだしたようにきく。

「ああ。もうだいぶよくなった。今月中には、家に戻れるだろう。心の傷も、妹のおしゅんのかいがいしい看病で治癒《ちゆ》出来た」

半吉の存在も大きいと、剣一郎は思った。

おゆきは母親代わりにおしゅんを育ててきた。足の悪い妹は嫁にも行けないと絶望し、すべての責任を背負ってきた。だが、おしゅんに半吉という男が現れたのだ。半吉はおしゅんの片足が悪いことなどまったく意に介していない。そんな半吉が現れてくれたことが、おゆきの心を晴れやかにしたのだ。

「なに、にやにやしているのですか」

るいが声をかけ、多恵も志乃も剣一郎の顔を見ていた。

「いや。まこと、今宵の月はすがすがしい」

剣一郎は夜空に目を向けた。るいたちが苦笑をしているのがわかったが、いまいろいろな場所で、それぞれの思いで皆が月を愛でているのだと思いながら、剣一郎は盃《さかずき》を口に運んだ。

一〇〇字書評

人待ち月

切り取り線

購買動機（新聞、雑誌名を記入するか、あるいは○をつけてください）	
□（　　　　　　　　　）の広告を見て	
□（　　　　　　　　　）の書評を見て	
□ 知人のすすめで	□ タイトルに惹かれて
□ カバーが良かったから	□ 内容が面白そうだから
□ 好きな作家だから	□ 好きな分野の本だから

・最近、最も感銘を受けた作品名をお書き下さい

・あなたのお好きな作家名をお書き下さい

・その他、ご要望がありましたらお書き下さい

住所	〒				
氏名		職業		年齢	
Eメール	※携帯には配信できません	新刊情報等のメール配信を 希望する・しない			

この本の感想を、編集部までお寄せいただけたらありがたく存じます。今後の企画の参考にさせていただきます。Eメールでも結構です。

いただいた「一〇〇字書評」は、新聞・雑誌等に紹介させていただくことがあります。その場合はお礼として特製図書カードを差し上げます。

前ページの原稿用紙に書評をお書きの上、切り取り、左記までお送り下さい。宛先の住所は不要です。

なお、ご記入いただいたお名前、ご住所等は、書評紹介の事前了解、謝礼のお届けのためだけに利用し、そのほかの目的のために利用することはありません。

〒一〇一−八七〇一
祥伝社文庫編集長　坂口芳和
電話　〇三（三二六五）二〇八〇

祥伝社ホームページの「ブックレビュー」からも、書き込めます。

http://www.shodensha.co.jp/bookreview/

祥伝社文庫

人《ひと》待《ま》ち月《づき》　風烈廻《ふうれつまわ》り与力《よりき》・青柳剣一郎《あおやぎけんいちろう》

平成26年9月10日　初版第1刷発行

著　者　小杉健治《こすぎけんじ》
発行者　竹内和芳
発行所　祥伝社《しょうでんしゃ》
東京都千代田区神田神保町3-3
〒101-8701
電話　03（3265）2081（販売部）
電話　03（3265）2080（編集部）
電話　03（3265）3622（業務部）
http://www.shodensha.co.jp/

印刷所　堀内印刷
製本所　関川製本
カバーフォーマットデザイン　中原達治

Printed in Japan ©2014, Kenji Kosugi ISBN978-4-396-34064-3 C0193

祥伝社文庫の好評既刊

祥伝社文庫　今月の新刊

楡　周平
介護退職
堺屋太一さん、推薦！　少子晩
産社会の脆さを衝く予測小説。

西村京太郎
ＳＬ「貴婦人号の犯罪」　十津川警部捜査行
消えた鉄道マニアを追え――
犯行声明は〝ＳＬ模型〟!?

椰月美智子
純愛モラトリアム
まだまだ青い恋愛初心者たち
を描く八つのおかしな恋模様。

夏見正隆
チェイサー91
日本の平和は誰が守るのか!?
圧巻のパイロットアクション。

仙川　環
逃亡医
心臓外科医はなぜ失踪した？
女刑事が突き止めた真実とは。

神崎京介
秘宝
失った赤玉は取り戻せるか？
エロスの源は富士にあり！

小杉健治
人待ち月　風烈廻り与力・青柳剣一郎
二十六夜に姿を消した女と男。
手掛りもなく駆落ちを疑うが。

岡本さとる
深川慕情　取次屋栄三
なじみの居酒屋女将お染の窮
地に、栄三が下す決断とは？

仁木英之
くるすの残光　月の聖槍
異能の忍び対甦った西国無双。
天草四郎の復活を目指す戦い。

今井絵美子
木《こ》の実《み》雨《あめ》　便り屋お葉日月抄
泣き暮れる日があろうとも、
笑える明日があればいい。

犬飼六岐
邪剣　鬼坊主不覚《ふがく》末法帖
欲は深いが情には脆い破戒僧。
陽気に悪を断つ痛快時代小説。